ISBN VOL. 2-84580-421-0
ISBN ÉD.ORIGINALE 4-592-12659-9

Kaori Yuki

Kafka

Comte Cain 3

Sommaire :

Note de l'éditeur : le nom du personnage principal de la série fait directement référence au Caïn de la Bible. Néanmoins, comme toute l'intrigue se déroule en Angleterre, royaume de l'alphabet sans accent, il nous a paru légitime de ne pas mettre de tréma sur le i de Caïn. D'où le titre "Comte Cain" et non "Comte Caïn".

Kafka
Chapitre 1

Un matin, au sortir d'un rêve agité,
Grégoire Samsa s'éveilla transformé
dans son lit en une véritable vermine.
"Die Verwandlung" (La Métamorphose)
— Franz Kafka —
QUELQU'UN…
QUELQU'UN APPROCHE !

IL EST EN TRAIN DE NAÎTRE
CELUI QUI, DE SES AILES NOIRES, RÉPANDRA L'AFFLICTION ET LE MALHEUR
L'ENFANT DE LA FATALITÉ EST EN TRAIN DE VENIR AU MONDE
LE DESCENDANT MAUDIT DE CEUX QUI PARTAGENT UN SANG IDENTIQUE
NOOOOOO-OOON !! AIDEZ-MOI !!!
JE NE VEUX PAS DE LUI !!! MON DIEU !! ACCORDEZ-MOI VOTRE MISÉRI-CORDE !!!

CAIN...
SI SEU-
LEMENT
...
PÈRE !
PÈÈÈRE !
SI
SEULEMENT
TU N'ÉTAIS
PAS NÉ !!!
MÈRE
!!
CAIN !
N'OUBLIE PAS
CAIN... JAMAIS
TU NE SERAS
HEUREUX !!
JAMAIS TU NE
CONNAÎTRAS
L'AMOUR ET TU
MOURRAS SEUL,
ABANDONNÉ
DE TOUS !

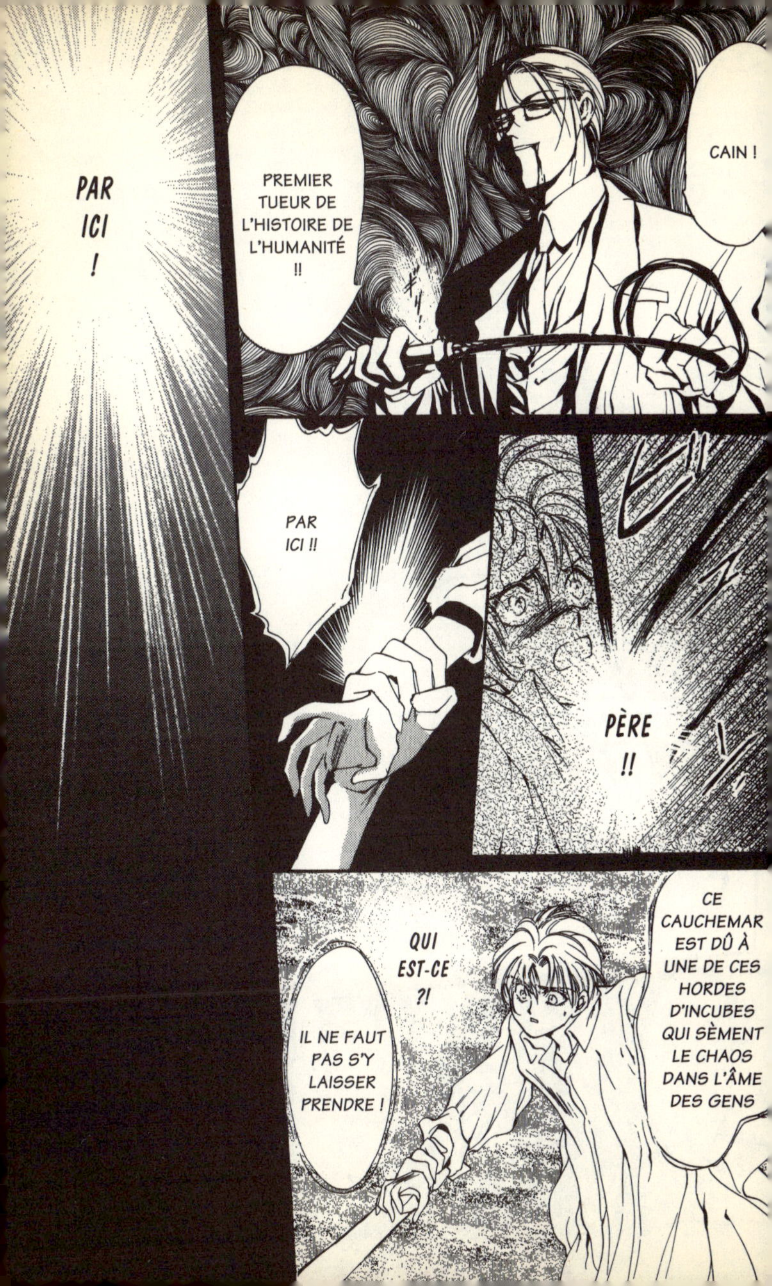
CAIN !
PREMIER TUEUR DE L'HISTOIRE DE L'HUMANITÉ !!
PÈRE !!
PAR ICI !!
CE CAUCHEMAR EST DÛ À UNE DE CES HORDES D'INCUBES QUI SÈMENT LE CHAOS DANS L'ÂME DES GENS
QUI EST-CE ?!
IL NE FAUT PAS S'Y LAISSER PRENDRE !
PAR ICI !

CETTE MAIN TENDUE...
À QUI EST-ELLE ?
MY LORD !!
VOUS REPRENEZ CONSCIENCE ?!
RIFF ?
OOH...

CELA FAIT PLUS DE DEUX JOURS QUE VOUS ÉTIEZ PRIS DANS LES FIÈVRES !
VOUS SENTEZ-VOUS MIEUX À PRÉSENT ?
......
MISS MARY ÉTAIT TRÈS INQUIÈTE...
GRAND FRÈRE !!
NE M'APPROCHE PAS MARY !!
JE SUIS CONTAGIEUX ?
NON, VOUS NE DEVEZ TOUT CECI QU'À UNE GRANDE FATIGUE
VIENS !

CAIN, MON FRÈRE !!
QUI C'EST CELUI-LÀ ?
VOUS M'AVEZ OUBLIÉ ?
J'IGNORAIS QUE LA FAMILLE HARGREAVES COMPTAIT PARMI ELLE UNE SI PETITE FILLE !
MON-SIEUR LE COMTE
!
JE SUIS ANSELL ALLEN, LE DERNIER DESCENDANT DES ALLEN, LES MÉDECINS ATTITRÉS DE LA FAMILLE HARGREAVES DEPUIS DES GÉNÉRA-TIONS
MON PÈRE A PRIS SA RETRAITE L'ANNÉE DERNIÈRE ET C'EST MOI QUI LUI AI SUCCÉDÉ

……
JE NE LE CONNAIS PAS, METTEZ-LE À LA PORTE
MONSIEUR LE COOOOMTE !!
REGARDEZ CECI, JE VOUS PRIE ! NOUS JOUIONS ENSEMBLE LORSQUE NOUS ÉTIONS PETITS !
CETTE CICATRICE EST UN DE MES SOUVENIRS DE CETTE ÉPOQUE !!
OH
EUH …
LORD CAIN ! JE NE PEUX PAS…
C'EST BIEN TROP HAUT… ET JE SUIS SUJET AU VERTIGE !!
ÇA IRA, ALLEZ, VA ME LA CHERCHER !
OH C'EST VRAI, JE ME SOUVIENS À PRÉSENT
ENFIN…

ANSELL, L'ACROPHOBE !!
CELUI QUI S'EST BLESSÉ AU BRAS, S'EST CASSÉ UNE JAMBE ET POUR FINIR S'EST FAIT PIQUER PAR TOUT UN ESSAIM DE GUÊPES ? AAAH, OUI, JE ME SOUVIENS…
J'EN SUIS BIEN HEUREUX
POUR MA PART, C'EST DIFFICILE D'OUBLIER
SI MA MÉMOIRE EST BONNE, CELA RENDAIT TON PÈRE FOU QUE TU TE LAISSES POUSSER LES CHEVEUX NON !?
SURTOUT QUE LUI, IL ÉTAIT CHAUVE COMME UN ŒUF !
SALE GARNEMENT …
…BREF !!!
MAINTENANT QUE VOUS ÊTES BIEN RÉVEILLÉ, IL FAUDRAIT PENSER À VOUS CHANGER
VOUS AVEZ ABONDAMMENT SUÉ, IL NE FAUDRAIT PAS QUE LA FIÈVRE REVIENNE !!
NE ME TOUCHE PAS !! JE PEUX M'HABILLER SEUL !
…MAIS… JE DOIS VOUS FAIRE UNE PIQÛRE …
RIFF S'EN CHARGERA !
RIFF, FAIS SORTIR TOUT LE MONDE !
OUI MY LORD

パタン
......
TSSS, IL N'A PAS CHANGÉ CELUI-LÀ ...
AAAH, LES NOBLES, JE VOUS JURE !!
EUH...
じーっ
JE... EUH... EXCUSEZ-MOI !
GRAND FRÈRE... COMME TU ES ÉTRANGE...
TU DÉTESTES TELLEMENT QUE DES GENS PUISSENT VOIR TON CORPS...
QUE CACHES-TU, MÊME À TA PETITE MARY ?
QUI M'A PASSÉ CES VÊTE-MENTS ?
JE M'EN SUIS CHARGÉ... NE VOUS INQUIÉTEZ PAS MY LORD...
PER-SONNE N'A RIEN VU...

...J'AI RÊVÉ DE MON PÈRE...
DE MA MÈRE ET DE MA TANTE AUGUSTA AUSSI...
EST-CE TOI... QUI M'AS TENU LA MAIN ET M'AS TIRÉ DE LÀ ?
RESTER À VOS CÔTÉS EN TOUTES CIRCONS-TANCES EST LA SEULE CHOSE QUE JE PUISSE FAIRE !
C'EST PARFAIT ...
ILS ME REPROCHAIENT TOUS QUELQUE CHOSE... ET J'AI ENTENDU PÈRE ME MAUDIRE UNE FOIS ENCORE ...
C'ÉTAIT COMME SI J'ÉTAIS RETOURNÉ DES ANNÉES EN ARRIÈRE ...
TA RÉSENCE M'EST COMME IR QUE JE ESPIRE...

DES VACANCES ?!
OUI, L'AIR VICIÉ DE LA CAPITALE NE VOUS VAUT RIEN !
VOUS N'ÊTES PAS PRÊT DE GUÉRIR SI VOUS RESTEZ ICI !
ALLEZ RESPIRER À PLEINS POUMONS L'AIR PUR DE LA CAMPAGNE ET LAISSEZ VOTRE CORPS SE REPOSER !
LES COURSES DANS LES CHAMPS AVEC HEIDI...
LE CIEL BLEU À PERTE DE VUE...
QUELQUES PERSONNES DE MA CONNAISSANCE TIENNENT JUSTEMENT UN HÔTEL À L'ÉCART DE LA VILLE...
J'AI ENVIE DE BAILLER RIEN QUE D'ENTENDRE ÇA...
MARY-WEATHER S'ENNUIERAIT À MOURIR À LA CAMPAGNE !
TANDIS QU'À LONDRES, IL Y A DES MEURTRES MYSTÉRIEUX, DES ÉNIGMES CRIMINELLES... DE QUOI PASSER LE TEMPS QUOI...
BAH, IL Y A TOUJOURS LÀ-BAS UN CHÂTEAU QU'ON DIT HABITÉ PAR UN VAMPIRE ET...
OH OUI ! ALLONS-Y GRAND FRÈRE !!
TU ES BIEN MA SŒUR TOI...

...QUE D'HISTOIRES POUR UNE MALHEUREUSE PETITE FIÈVRE... CE VOYAGE N'ÉTAIT EN RIEN NÉCESSAIRE
DOCTEUR !
C'EST EXACT, JE VOUS AI MENTI MONSIEUR LE COMTE !
COMMENT ?
TOUT CE QUE JE VOULAIS, C'ÉTAIT VOUS ÉLOIGNER DE CETTE MAISON
JE L'AI FAIT POUR REMPLIR MA MISSION QUI EST DE VEILLER SUR LA FAMILLE HARGREAVES
VOTRE MALAISE N'ÉTAIT PAS DÛ À LA FATIGUE
QUELQU'UN LÀ-BAS VOUS A EMPOISONNÉ
JE SUIS EN TRAIN DE FAIRE QUELQUES RECHERCHES POUR DÉTERMINER LA NATURE DE CE POISON
...

WILD ♦ TALK

Coucou, c'est encore moi ! C'est la grande sœur Yuki, qui depuis peu commence à perdre la tête et dessine son manga en poussant des cris affolés, waah !! À propos, je voulais vous dire que je suis (encore ?) dans la tranche d'âge des vingtaines, et donc, si je reçois encore une fois une lettre me disant "Vous n'êtes pas loin de la trentaine", ça va mal aller ! Hé, toi ! Oui, c'est à toi, que je parle. C'est bien compris ? (J'en reçois plein des lettres comme ça...) Bon, trêve de plaisanteries. Nous voici déjà au tome 3, Comte Cain *est en train de devenir une vraie série. Par exemple, ce volume ne compte qu'une seule histoire suivie. J'ai envie de dessiner trop de choses, et j'ai tendance à m'étendre en longueur et à me perdre en détails inutiles (surtout pour le dernier chapitre... Oh comme je regrette...). Mais bon, jetez-y quand même un coup d'œil. Au fait, j'imagine que vous l'avez deviné, mais Kafka vient du nom d'un écrivain, Franz Kafka. Pourquoi j'ai choisi ce nom ? Eh bien...*

QUE M'ARRIVE-T-IL ?
L'INQUIÉTUDE SE RÉPAND EN MOI COMME DE L'ENCRE DANS DE L'EAU
J'AI LE PRESSENTIMENT QUE LE SANG VA COULER AUSSI INÉVITABLEMENT QUE CHAQUE SOIR ANNONCE LE LEVER DE LUNE…
CE VOYAGE DU POISON EXHALE LES RELENTS AMERS !
OUAAAAH !
COMME C'EST BEAU TOUS CES CHAMPS DE FLEURS ♡
NE M'AVIEZ-VOUS PAS DIT QU'ELLE AVAIT LA CAMPAGNE EN HORREUR ?
EH BIEN …
ELLE EST SI MIGNONNE …
TRÈS SÉRIEUX
くらくら
J'ABANDONNE …
BAH…
PEU IMPORTE CETTE HISTOIRE …

UN SI BEAU SOURIRE ME FAIT OUBLIER TOUS MES SOUCIS…
MONSIEUR LE COMTE ! SOYEZ LE BIENVENU !
OOH, ANSELL, ÇA ME FAIT PLAISIR DE TE REVOIR !
JE SUIS LA PROPRIÉTAIRE DE L'HÔTEL, ELISABETH FOWLING
COMMENT VOUS VOULEZ PARLER D LA LÉGEND DU VAMPIR ?
OH NON …
CETTE HISTOIRE EST TABOUE DEPUIS TOUS LES MEURTRES QUI SE SONT PRODUITS DERNIÈREMENT AUX ALENTOURS…
DES MEURTRES ? ICI ?
TU ES SÉRIEUSE BETTY ?
OUI, ON NE CRAINT RIEN LE JOUR
MAIS TOUS CEUX QUI SE SONT AVENTURÉS DEHORS LA NUIT…
ONT ÉTÉ RETROUVÉS LE LENDEMAIN, VIDÉS DE LEUR SANG, DES MARQUES DE DENTS AU COU !

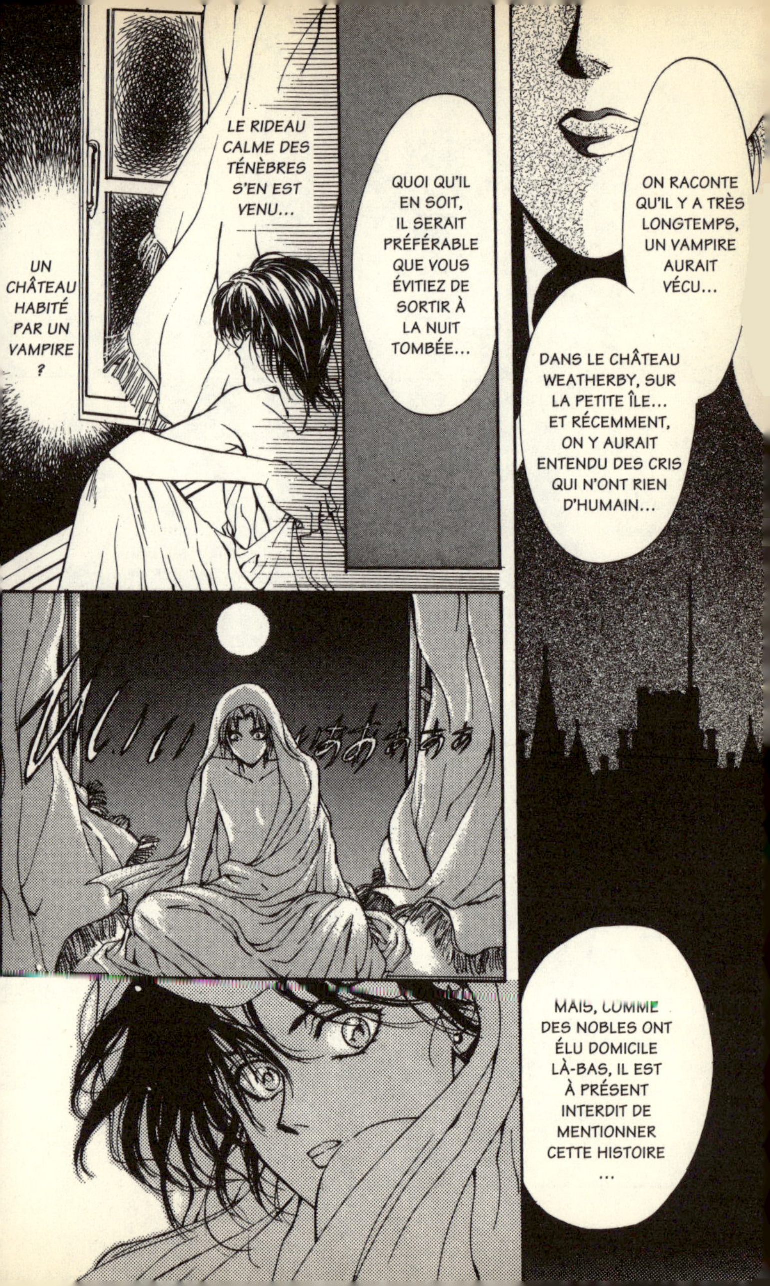
ON RACONTE QU'IL Y A TRÈS LONGTEMPS, UN VAMPIRE AURAIT VÉCU…
DANS LE CHÂTEAU WEATHERBY, SUR LA PETITE ÎLE… ET RÉCEMMENT, ON Y AURAIT ENTENDU DES CRIS QUI N'ONT RIEN D'HUMAIN…
QUOI QU'IL EN SOIT, IL SERAIT PRÉFÉRABLE QUE VOUS ÉVITIEZ DE SORTIR À LA NUIT TOMBÉE…
LE RIDEAU CALME DES TÉNÈBRES S'EN EST VENU…
UN CHÂTEAU HABITÉ PAR UN VAMPIRE ?
MAIS, COMME DES NOBLES ONT ÉLU DOMICILE LÀ-BAS, IL EST À PRÉSENT INTERDIT DE MENTIONNER CETTE HISTOIRE …

CELA VENAIT DE CE CHÂTEAU WEATHERBY SIGNALÉ PAR CETTE FEMME TOUT À L'HEURE...
C'ÉTAIT UN HURLEMENT AIGU... COMME LE CRI D'AGONIE D'UNE BÊTE SAUVAGE !!
JE SUIS SÛR DE L'AVOIR ENTENDU
RIEN À VOIR AVEC UN CRI HUMAIN
NON... PLUTÔT...
LES GÉMISSEMENTS D'UNE CRÉATURE DE LA NUIT ...
...QUI EST LÀ ?

TOI...
APPROCHE ...
TU AS DE BEAUX YEUX...
ILS REFLÈTENT LE CLAIR DE LUNE ...

APPROCHE DONC !
DORÉS… COMME CEUX D'UN CHAT
ILS SONT SI MER-VEILLEUX …
COMME LE TROUBLE CRÉÉ À LA SURFACE DE L'EAU PAR L'ENVOL DES ELFES…
LEUR LUEUR EST FUGITIVE …

IL ME...
UN SEUL CÔTÉ ME SUFFIRA ...
ME PERMETTRAS-TU DE TE PRENDRE AVEC TES BEAUX YEUX D'OR, LA MOITIÉ DE TON VISAGE ?
CETTE FEMME !!
QUELLE FORCE !!
ET AUSSI ...

...LES
FAUT
C'EST
CETTE
FEMME LE
VAMPIRE
?!
...NON
...
TOUT LE
SANG QUE
CONTIENT
TON JEUNE
CORPS !!
ARRÊ-
TEZ
!!!

ダッ
MAIS ?!
AH HYAH HYAH HYAH HYAH !!
QU'EST-CE QUE ÇA VEUT DIRE ?!
はぁ はぁ
JE PENSAIS QUE QUELQU'UN AVAIT COMMIS DES MEURTRES SOUS COUVERT DE CETTE LÉGENDE ...
INU-TILE... LA TÊTE ME TOUR-NE...
ELLE NE M'A POURTANT PAS SUCÉ TANT DE SANG ?!

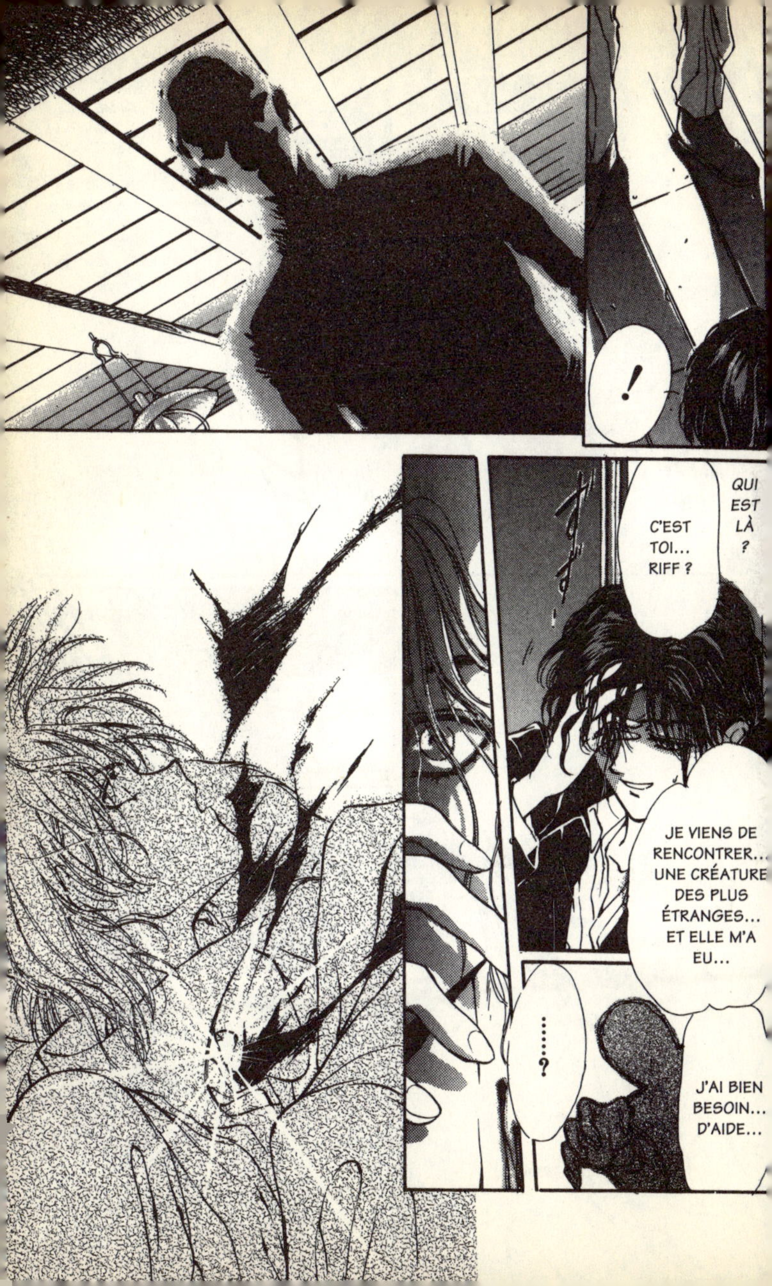
!
QUI EST LÀ ?
C'EST TOI... RIFF ?
JE VIENS DE RENCONTRER... UNE CRÉATURE DES PLUS ÉTRANGES... ET ELLE M'A EU...
J'AI BIEN BESOIN... D'AIDE...
......?

ON ME SUCE LE SANG EXACTEMENT AU MÊME ENDROIT QUE LA FEMME VAMPIRE ?
MERDE… JE N'AI PLUS DE FORCES …
QUI EST-CE ?! LE DOCTEUR ALLEN ?!
OU BIEN ALORS…
MERDE !!!!
MAIS ?!
はっ
OUGH …
SERAIT-CE …
RI…

C'EST LE MATIN ?!
MAIS QUE M'EST-IL ARRIVÉ ?!
VOULEZ-VOUS UNE AUTRE TASSE DE THÉ MY LORD ?
NON MERCI …
QU'AVEZ-VOUS ?

TU T'ES BLESSÉ AU VISAGE ?
OOOH OUI, CE MATIN... JE ME SUIS COUPÉ EN ME RASANT
MY LORD... VOUS AVEZ UN PROBLÈME ?
....
NON ...
C'EST HORRIBLE !!!
AUCUN ...

UNE VICTIME SUPPLÉMENTAIRE ! COMPLÈTEMENT VIDÉE DE SON SANG ELLE AUSSI !!
C'EST LA FEMME QUI AVAIT DISPARU IL Y A UNE SEMAINE, NON ? CELLE DU PUB…
QUELLE HORREUR…
C'EST LE VAMPIRE QUI A FAIT ÇA !! IL N'Y A PAS DE DOUTE !!!
DONNE-MOI
TES YEUX ET TON VISAGE
UN SEUL CÔTÉ SUFFIRA …
IL Y A UNE SEMAINE… C'EST LE JOUR DE NOTRE ARRIVÉE ICI…
LE JOUR OÙ J'AI RENCONTRÉ CETTE MYSTÉRIEUSE FEMME …
MAIS ALORS ?!
VOUS ÊTES LE FAMEUX COMTE QUI RÉSIDE ACTUELLEMENT DANS NOTRE RÉGION ?

JE SUIS LE MAÎTRE DU CHÂTEAU WEATHERBY
DARK NOLAN ASHLEY
ACCEPTEZ DONC QUE JE VOUS INVITE À VISITER MA DEMEURE
C'EST LUI LE RÉSIDENT DU CHÂTEAU DU VAMPIRE ?
IL NE DOIT AVOIR QUE 15 OU 16 ANS !

VOUS AVEZ LÀ UN SPLENDIDE CHÂTEAU
JE VOUS REMERCIE... J'EN AI HÉRITÉ DE FEU MON PÈRE... MAIS IL EST TROP GRAND POUR DEUX PERSONNES
DEUX PERSONNES ?
MONSIEUR LE COMTE, VOUS INTÉRESSEZ-VOUS À LA LÉGENDE DU VAMPIRE ?
À TRAVERS L'HISTOIRE, CE PALAIS A CONNU NOMBRE DE TRAGÉDIES ET DE SOUFFRANCES...
C'EST CE QUI A DONNÉ NAISSANCE À CETTE HISTOIRE À DORMIR DEBOUT...
LES VAMPIRES N'EXISTENT PAS MONSIEUR LE COMTE
LES SEULS ÊTRES QUE L'ON DOIT CRAINDRE SONT DES ÊTRES HUMAINS BIEN VIVANTS !
...HFF
EFFECTIVEMENT...

JE VOUS EN PRIE, CONTINUEZ LA VISITE SEUL, JE VAIS PRÉPARER LE THÉ
DE LA MUSIQUE ?
!
UN PIANO MÉCANIQUE ?
C'EST LA CANNE QUE J'AVAIS LAISSÉE TOMBER L'AUTRE NUIT !
LA FEMME-VAMPIRE !?
HEIN ?
MAIS...

QUI EST LÀ ?
!
Chapitre 1 / Fin

Kafka
Chapitre 2
and Cain
little sister
family doctor
innocent girl
valet
suspicious boy

LA FEMME-VAMPIRE !?
EUH...
NON...
SON VISAGE EST NORMAL ...

CE N'EST DONC PAS…
CETTE FILLE …
EUH… VOUS…
HY…
HyAAAAA !
DARK !!
DARK !! AU SECOURS DARK !!
バタ. バタ バタ
OÙ ES-TU ?!!
"AU SECOURS" ?!
MAIS QU'EST-CE QUE C'EST QUE CETTE FILLE ?

C'EST BIEN MA CANNE...
TOUT DE MÊME, CE CHÂTEAU EST BIEN SOMBRE.
PARTOUT DANS L'AIR STAGNE LE PARFUM VENIMEUX DU LIS BLANC FANÉ...
ET PUIS...
DEPUIS TOUT À L'HEURE, JE ME DEMANDE... CE QUE CACHE CE LINGE...
UN TABLEAU ?
NON, C'EST UN MIROIR !
!

ビクッ
CETTE CANNE ÉTAIT DONC BIEN LA VÔTRE…
EUH…
EXCUSEZ-MOI… J'AI UN PEU PERDU LA TÊTE… MAIS CELA FAIT TANT D'ANNÉES QUE NOUS N'AVIONS PAS REÇU DE VISITEUR…
JE SUIS JUSTINE, LA SŒUR DE DARK
AI-JE EU… UNE HALLUCINATION ?
J'AURAIS JURÉ QUE…

POURQUOI AVOIR RECOUVERT CES MIROIRS ?
CE N'EST QU'UNE SUPERSTITION DE LA RÉGION… DISANT QU'IL EST DE MAUVAIS PRÉSAGE…
…DE CROISER LE REFLET D'UN MIROIR DANS UN AUTRE…
IL Y A UNE FOULTITUDE DE MIROIRS DANS CE CHÂTEAU, À CAUSE DU VAMPIRE…
À CAUSE DU VAMPIRE ?
OUI, LA FEMME REPRÉSENTÉE SUR CE PORTRAIT EST LA FAMEUSE FEMME-VAMPIRE, LADY GERTRUDE
ELLE REDOUTAIT DE VOIR LE FLOT DU TEMPS EMPORTER SA BEAUTÉ ET SE MIRAIT SANS CESSE…
ON RACONTE QUE, POUR GARDER SA JEUNESSE, ELLE AURAIT USÉ DE MAGIE NOIRE POUR ASPIRER LE SANG FRAIS DE CENTAINES DE JEUNES FILLES
FINALEMENT, LES VILLAGEOIS, FURIEUX, L'ONT MISE AU BÛCHER OÙ ELLE A BRÛLÉ, COMME UNE SORCIÈRE…
J'AI LA VAGUE IMPRESSION D'AVOIR DÉJÀ ENTENDU…
CETTE HISTOIRE…
OH
MONSIEUR LE COMTE EST BLESSÉ AU COU ?
OH, ÇA ?

WILD ♦ TALK

On m'a dit que dans ce chapitre, ce cher Lord Cain était "un pervers". Et je ne peux répondre que "Oui, c'est vrai" (ben oui, c'est un dragueur). Apparemment, il aime ce genre de filles fragiles (bien sûr il accorde de l'importance aussi au physique). C'est à partir de cette période, quand j'ai commencé à recevoir plein de lettres, que je me suis rendu compte que M. Satoo avait plein de fans. Hein ? Comment ça, vous ne savez pas qui c'est, M. Satoo ? Alors vous n'êtes pas de vrais fans de Riff. Ça m'étonne qu'il ait autant de succès alors qu'on le voit si peu, d'ailleurs. Hum, en tout cas, comme j'abordais un de mes thèmes de prédilection, à savoir les vampires, j'ai regardé pour documentation le **Dracula** ***de Coppola, avec mon Gary Oldman chéri, mais… Au final, ça ne m'a servi à rien du tout. Mais après l'avoir revu, ça m'a donné envie de dessiner un vampire qui soit à la fois beau et pervers (de quoi ?!). Quand j'étais petite, je voulais devenir un vampire (ah, c'était l'bon temps…)***

JE CROIS QUE CETTE AFFAIRE DE MEURTRES VOUS EST MONTÉE À LA TÊTE !
DARK !
“POURQUOI ÊTES-VOUS TOUJOURS EN VIE ?”
À L'EN-TENDRE …
…J'AI L'IMPRES-SION QUE CELA LE DÉRANGE QUE CE SOIT LE CAS…
PEUT-ÊTRE BIEN… OUI…
シャッ
HYAAAAA !
JUSTINE !!

JUSTINE !! EST-CE QUE TU VAS BIEN ?
CE RIDEAU !! REFERMEZ VITE CE RIDEAU !!!
ESPÈCE D'IMBÉCILE !! DEPUIS TOUTE PETITE, MA SŒUR SOUFFRE D'U MAL...
...QUI L'EMPÊCHE MÊME DE SORTIR... LA LUMIÈRE DU SOLEIL LUI EST TRÈS NÉFASTE !!
ALORS QU'ELLE AVAIT ENFIN REPRIS CONSCIENCE APRÈS UN SI LONG SOMMEIL D'UNE SEMAINE !!
OH, PAR-DONNEZ-MOI...
ÉCOUTEZ, COMME ELLE NE PEUT SORTIR, ELLE NE VOIT JAMAIS PERSONNE D'AUTRE QUE MOI...
C'EST POURQUOI VOTRE PRÉSENCE L'A TELLEMENT EFFRAYÉE TOUT À L'HEURE !

EUH...
VOUS M'EN DIREZ TANT...
DARK !
JE SUIS LÀ MA CHÈRE SŒUR !!
TOUT VA BIEN !
!
QU...
...PAR-DONNEZ-MOI MAIS JE DOIS PARTIR !
SINON, ON VA S'INQUIÉTER POUR MOI
QU'EST-CE QUI VOUS FAIT RIRE ?!

…OUI PARTEZ !! TOUT DE SUITE !
DARK !
MA SŒUR !!
MONSIEUR LE COMTE !
EUH… JE… VOTRE CANNE…
APRÈS AVOIR ÉTÉ TRAITÉ DE LA SORTE, VOUS DEVEZ REGRETTER D'ÊTRE VENU…
MAIS C'EST PARCE QUE NOUS VIVONS TOUJOURS SEULS DARK ET MOI… NOUS N'AVONS PAS L'HABITUDE DE RECEVOIR DU MONDE ET… C'EST TRÈS GÊNANT MAIS…
JE SERAIS POURTANT HEUREUSE… SI DARK ET VOUS DEVENIEZ AMIS…

MA CANNE ...
OH D'ACCORD
MERCI...

JE VOUS LA LAISSE POUR LE MOMENT
JE REVIENDRAI LA CHERCHER
PLUS TARD

À TRÈS BIENTÔT …
JUSTINE
JUSTINE !
DARK…
QUEL CULOT !
QUE VAIS-JE DEVENIR ?! VAIS-JE DEVOIR AFFRONTER LA COLÈRE DE DIEU ?!
MAIS … C'ÉTAIT SI SOUDAIN …
QUEL EST CE PERSONNAGE SI DANGEREUX ?
C'EST LA PREMIÈRE FOIS QU'UN HOMME M'EMBRASSAIT !

DARK ? QU'Y A-T-IL ?
JUSTINE… NOUS RESTERONS TOUJOURS ENSEMBLE HEIN ?
QU'EST-CE QUE TU RACONTES ? BIEN SÛR QUE OUI !
COMME TU ES ÉTRANGE CES DERNIERS TEMPS !
JUSTINE, MA SŒUR …
DARK ?
ELLE M'A FAIT L'EFFET D'UNE FRAGILE JEUNE FILLE…
INNOCENTE ET SANS DÉFENSE …

ELLE N'AVAIT RIEN EN COMMUN AVEC CE VAMPIRE QUI M'A IMMOBILISÉ AVEC UNE FORCE INOUÏE...
POURTANT, SUR LE CÔTÉ DROIT DE SON VISAGE, J'AI SENTI ...
COMME UNE PETITE CICATRICE ...
T PUIS, Y A CE EFLET JE J'AI ROISÉ DANS LA GLACE ...
ELLE DÉTESTE LE SOLEIL
ET LES MIROIRS
DOMMAGE QUE JE N'AIE PAS PU VÉRIFIER SI ELLE AVAIT DES CROCS ...
JE VOIS QUE VOUS NE VOUS ENNUYEZ PAS
VOUS AVEZ BIEN FAIT DE NE PAS ALLER PLUS LOIN MONSIEUR LE COMTE !
TOUT EFFORT EST FORTEMENT DÉCONSEILLÉ DANS VOTRE ÉTAT !
PFF, QUEL SALE TYPE...
DOCTEUR ALLEN ?
N'EN SOUFFLE PAS UN MOT À MARY-WEATHER !

OOOOH
MÊME UN ÊTRE FROID COMME VOUS POSSÈDE SON PETIT POINT FAIBLE DIRAIT-ON ?
SILENCE !
HM ?
!
RIFF ?
QUE FAIT-IL DANS CETTE FORÊT DÉSERTE ?
MAIS... C'EST LE CHAPEAU QUE J'AI ACHETÉ À MARY-WEATHER
LE PRÉFÉRÉ DE MA PETITE SŒUR ?

パチ！
パチ！
RIFF !?
QU'EST-CE QUE TU…
MONSIEUR LE COMTE !
OH !!

RIFF ?!
HEIN ?!
EUH... BONSOIR MARYWEA-THER ?
ガタ
LA PROCHAINE FOIS QUE TU SORS, EMMÈNE-MOI AVEC TOI !
EN PLUS, POUR ALLER AU CHÂTEAU D'UNE FILLE QUI EMPESTE LA FLEUR DE LIS !!
DOCTEUR ALLEN !!
JE N'AI JAMAIS PROMIS DE ME TAIRE

SI TU VEUX Y RETOURNER …
…IL FAUDRA QUE TU M'EMMÈNES AVEC TOI !!
ÇA VA, J'AI COMPRIS !! TU PEUX ALLER TE COUCHER !!
JE VAIS VOUS RACCOMPAGNER À VOTRE CHAMBRE MISS MARY !
PFF !! EN PLUS DE ÇA !! PAS MOYEN DE RETROUVER MON CHAPEAU PRÉFÉRÉ !!
VOUS DÉSIREZ AUTRE CHOSE MY LORD ?
CECI

RIFF
SI TU DEVAIS ME TRAHIR…
…JE N'AURAIS PLUS QU'À MOURIR
"JE N'AURAIS PLUS QU'À MOURIR"… PFF…

AH VRAIMENT, C'EST ADMIRABLE… VOUS PENSEZ QU'APRÈS LES LONGUES ANNÉES PENDANT LESQUELLES CET HOMME VOUS A SERVI…
"JE N'AURAIS PLUS QU'À MOURIR" A PLUS D'EFFET QUE "JE TE TUERAIS" MY LORD ?
DOCTEUR ALLEN
LA PROCHAINE FOIS QUE TU ÉCOUTES AUX PORTES…
JE TE TUE !
SOYEZ LE BIENVENU MONSIEUR LE COMTE !
OOH …
MAIS QUI EST-CE ?
Workers

MA PETITE SŒUR, MARYWEATHER
ELLE A INSISTÉ POUR VENIR…
ENCHANTÉE DE VOUS RENCONTRER MADAME !
HEIN ?
MOUII, ÇA VA, SON ASPECT ME CONVIENT !!
EUH ?
VOUS ÊTES SÛRE DE POUVOIR SORTIR JUSTINE ?
OUI, COMME LE TEMPS EST NUAGEUX, TOUT DEVRAIT ALLER BIEN…
VIENS PAR ICI MARYWEATHER ! JE VAIS TE MONTRER DES CASSIS !
OUAHH ♡

HYAAH
HYAAH
L'ATTITUDE DE MARY A CHANGÉ DU TOUT AU TOUT ...
AAH, JE NE COMPRENDRAI JAMAIS LES FEMMES !
AÏE !
TOUT VA BIEN ? OH, TU T'ES ÉGRATIGNÉE SUR UNE PETITE BRANCHE ?
FAIS-MOI VOIR MARY
VOILÀ, ÇA NE FAIT PLUS MAL N'EST-CE PAS ?
....
...TU RESSEMBLES À MA MÈRE JUSTINE...
MAIS... ELLE EST MORTE IL Y A SI LONGTEMPS ...

SI CELA TE FAIT PLAISIR, TU POURRAS REVENIR JOUER ICI TANT QUE TU VEUX !
C'EST VRAI ?
BIEN SÛR ! JE ME SENS SI SEULE PARFOIS DANS CE CHÂTEAU AVEC MON FRÈRE POUR UNIQUE COMPAGNON…
J'AIMERAIS MÊME QUE TU VIENNES TOUS LES JOURS SI C'ÉTAIT POSSIBLE !
C'EST VRAI ?! TOUS LES JOURS ?
JUSTINE
OUI, JE T'EN SERAIS RECONNAISSANTE ! TU PEUX VENIR DORMIR ICI QUAND TU VEUX
OOH ! ALORS DIS-MOI, DIS-MOI
EST-CE QU'AVEC GRAND FRÈRE, ON PEUT RESTER ICI PENDANT TOUT NOTRE SÉJOUR ?
QUOI ?
OH OUI ! C'EST UNE MERVEIL-LEUSE IDÉE MARY !
SPLENDIDE

QU'EST-CE QU'ELLE A DIT ?!
HÉ !!
D'OÙ VIENNENT CES BAGAGES ?!
SALUT DARK ! IL SEMBLE QUE TU VAS DEVOIR SUPPORTER MA PRÉSENCE PENDANT QUELQUE TEMPS
QUOI ?! ET EN QUEL HONNEUR ?!
LES FEMMES ONT DÉCIDÉ !
NE TE FICHE PAS DE MOI ! JE SAIS QUE TU AS DES VUES SUR MA SŒUR !!
MAIS JE TE PRÉVIENS QUE JE NE TE LAISSERAI PAS FAIRE !! VA-T'EN!!
DES VUES ? MOI ?
VA DIRE ÇA AUX FILLES !
DIS-TOI QU'IL S'AGIT LÀ D'UNE OCCASION POUR TOI DE TE SÉPARER UN PEU DE TA SŒUR, DARK !

QUOI ?
TU...
TU NE SAIS PAS CE QUE TU DIS !!
COMME JE SUIS HEUREUSE QUE VOUS DÎNIEZ ICI !
J'AI CUISINÉ CET ENTREMET TOUT SPÉCIALEMENT EN VOTRE HONNEUR
OUAAAH !! MOI J'ADORE LA CHARLOTTE !! ♡
ÇA ME FAIT PLAISIR ! DARK N'AIME PAS LES CHOSES SUCRÉES ! ♡
LA PROCHAINE FOIS, JE T'AIDERAI, D'ACCORD JUSTINE ?
D'ACCORD ! ALORS JE TE PRÊTERAI UN JOLI TABLIER !
AAAH
AAAH
AAAH
AAA

NON !
N'APPROCHEZ PAS !! NON !!!
HYAAAAA
ずる…

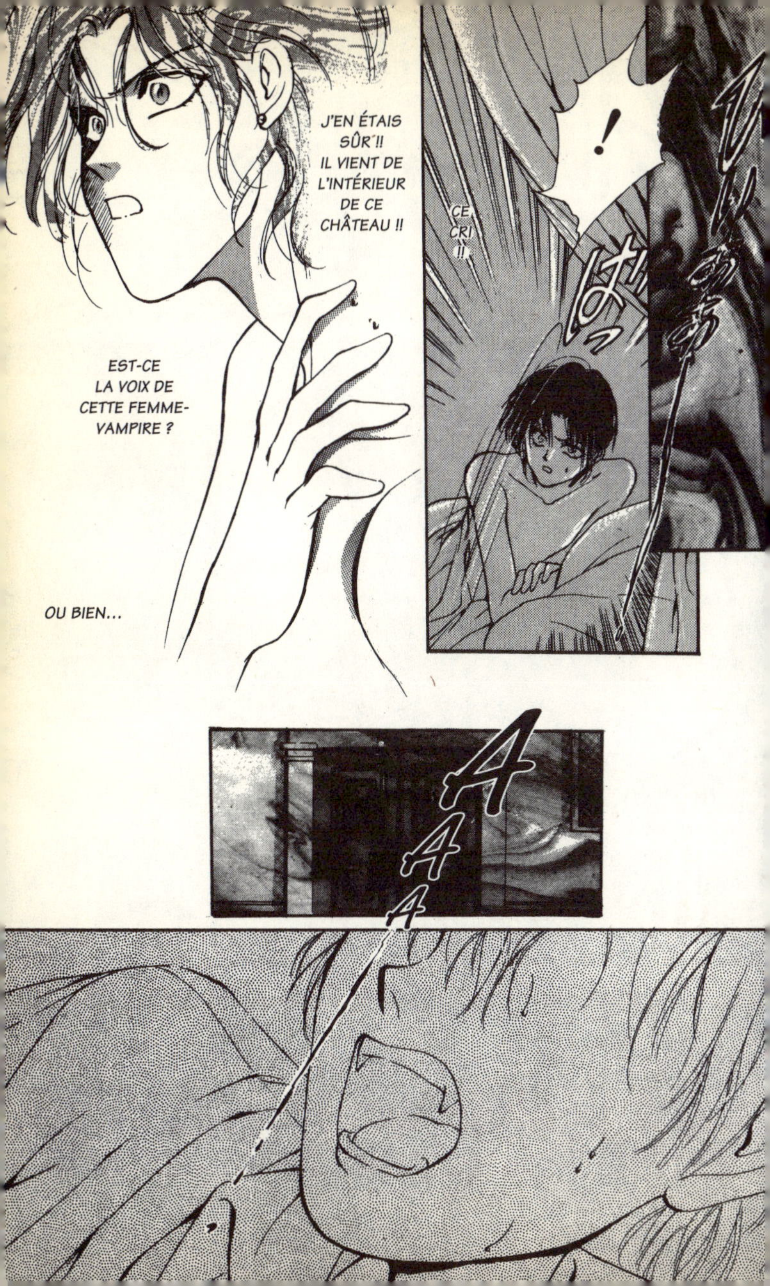
!
CE CRI !!
J'EN ÉTAIS SÛR !! IL VIENT DE L'INTÉRIEUR DE CE CHÂTEAU !!
EST-CE LA VOIX DE CETTE FEMME-VAMPIRE ?
OU BIEN…
AAA

AAAH !!
...AH !
ARRÊTE !!
MA SŒUR ...
ARRÊTE DE RIRE DE CETTE FAÇON...
JE...
JE NE VEUX PLUS ENTENDRE "CE" RIRE !
Chapitre 2 /Fin

Kafka
Chapitre 3

DEPUIS QUAND SUIS-JE TOMBÉ, COMME ALICE, AU PAYS DES MERVEILLES ?
UNE FEMME-VAMPIRE QUI SUCE MON SANG
UNE JEUNE FILLE TIMIDE QUI RESSEMBLE AU VAMPIRE
UN JEUNE MÉDECIN SORTI DE NULLE PART
UN JEUNE HOMME ERRIBLEMENT ATTACHÉ À SA SŒUR ET MAÎTRE DU CHÂTEAU WEATHERBY
QUE MA PETITE SŒUR A ADOPTÉE COMME SI C'ÉTAIT SA MÈRE
ET PUIS... RIFF
...DONT LE COMPORTEMENT EST PLUS QU'ÉTRANGE !

C'EST LA DIXIÈME VICTIME…
MAIS QUE FAIT LA POLICE ?!
ELLE NE PEUT RIEN CONTRE UN VAMPIRE !!
CE N'EST PAS UNE RAISON POUR FAIRE COMME SI ON N'AVAIT RIEN VU !!
ALLONS AVERTIR LE MAIRE ET LE PASTEUR !!
FORMONS DES PATROUILLES ET SORTONS CHAQUE SOIR…
…FAIRE LA CHASSE AU VAMPIRE !!
HÉ, ELLE TIENT QUELQUE CHOSE DANS SA MAIN !
QU'EST-CE QUE C'EST ?
UN PÉTALE DE FLEUR ?

PFF… OÙ A ENCORE BIEN PU PASSER LE COMTE ?!
DES VOIX ?
RIFF ?
…ET CETTE FILLE, QUI EST-ELLE ?
HEIN ?!

SES... SES YEUX !!
ON AURAIT DIT CEUX D'UN DÉMON !!
PLUS PERSONNE !

AH, VOUS ÉTIEZ LÀ... JE VOUS CHERCHAIS MONSIEUR LE COMTE !
DOCTEUR ?
JE FAISAIS QUELQUES RECHERCHES SUR CETTE FAMEUSE LÉGENDE DU VAMPIRE...
HOO !
JE VOULAIS VOUS DEMANDER... AURIEZ-VOUS VU MON STYLO PLUME ?
J'AI UNE LETTRE À FINIR...
NON, JE NE SAIS PAS OÙ IL EST... IL A RÉUSSI, LUI, À ÉCHAPPER À VOTRE ŒIL DE LYNX ?
J'AI COMPRIS, JE VAIS LE CHERCHER TOUT SEUL !
ぱっ
"À MA CHÈRE DELILAH SWEENY"
ばっ

WILD ♦ TALK

Ce troisième chapitre a mis les fans de M. Satoo très en colère (?!). Mais écoutez, ce n'est pas ça, le sujet principal de l'histoire ! Et par la même occasion, tout le monde s'est mis à détester le Dr Allen, sans raison apparente... Mais je l'aime bien, moi... Apparemment, il ne peut absolument pas remplacer M. Satoo, il ne fait pas le poids contre lui. Au fait, le "purl" est un mélange de bière chaude, de sucre, de gin et d'épices (ça n'a pas l'air fameux...). Dans sa dernière scène, M. Satoo nous débite une tirade pas très classe et plutôt embarrassante et en plus, Mary en rajoute une couche. Mary, de son côté, s'est rendu compte que Cain la chérissait un peu comme s'il s'agissait d'un petit animal de compagnie, ce qui lui donne des complexes. Mais c'est trop tard, c'est impensable pour elle de se séparer de Cain, maintenant... Hum, c'est très sérieux, tout ça.

DELILAH M'A CRUELLEMENT ENVOÛTÉ PAR SA BEAUTÉ ET SA NOBLESSE…
JE FERAI TOUT CE QU'ELLE ME DIRA… AUSSI LONGTEMPS QUE CELA ME PERMETTRA DE VOIR SON BEAU SOURIRE !
TU ES PITOYABLE !
OH, TAIS-TOI !!
MONSIEUR LE DOCTEUR DÉSIRE-T-IL UN THÉ ?
OH
OUI, MERCI RIFF !
……
SAVEZ-VOUS CE QU'EST CECI MONSIEUR LE COMTE ?
EH BIEN…
C'EST UNE BOUCLE D'OREILLE !
TU NE PEUX PAS LE DEVINER TOUT SEUL ?
OH MAIS…
JUSTINE PORTAIT UN BIJOU SEMBLABLE… EST-CE LE SIEN ?

JE M'EN DOUTAIS !
EH BIEN, VOYEZ-VOUS, CETTE BOUCLE, C'EST UNE JEUNE FEMME QUI SE TROUVAIT DANS LA FORÊT AVEC RIFF QUI L'A LAISSÉE TOMBER !
UNE FEMME AVEC RIFF ?
ET CE N'EST PAS TOUT !
CETTE JEUNE FEMME AVAIT UN REGARD DES PLUS INQUIÉTANTS, COMME CELUI D'UN DÉMON.
ET QUAND ELLE A RELEVÉ LA TÊTE, J'AI PU APERCEVOIR DES TRACES DE MORSURES SUR LE COU DE RIFF !
SEULE-MENT, J'ÉTAIS LOIN, ET ELLE PORTAIT UN VOILE
ALORS JE N'AI PAS PU LA RECON-NAÎTRE
AH AH ...
TU ES EN TRAIN DE ME DIRE QUE JUSTINE EST UN VAMPIRE...
ET RIFF SON COMPLICE ?
C'EST RIDICULE !!

PAS TANT QUE ÇA
APRÈS TOUT, CE N'EST QU'UN HUMAIN
QUI PEUT SAVOIR QUELLES OBSCURES PENSÉES IL CACHE DERRIÈRE SON MASQUE DE GENTILLESSE ET DE SERVIABILITÉ ? PEUT-ÊTRE DES PENSÉES MEURTRIÈRES …
C'EST PEUT-ÊTRE BIEN LUI QUI A TENTÉ DE VOUS EMPOISONNER IL Y A QUELQUE TEMPS…
REGARDEZ, NE TROUVEZ-VOUS PAS INQUIÉTANT QU'IL AIT BRÛLÉ LE CHAPEAU DE VOTRE SŒUR ?
ELLE POURRAIT ÊTRE SA PROCHAINE VICTIME…
ARRÊTE !!
CHERCHES-TU À ME COMMUNIQUER TA PERVERSION DE VOYEUR ?!
JE DÉTESTE LES GENS COMME TOI, QUI FOURRENT LEUR NEZ DANS LES AFFAIRES QUI NE LES REGARDENT PAS !!

VOUS N'ÊTES DÉCIDÉMENT QU'UN ENFANT
ACCEPTEZ DE REGARDER LA VÉRITÉ EN FACE !
NE SAVEZ-VOUS PAS FAIRE LA DIFFÉRENCE ENTRE "ÉPIER" ET "PROTÉGER" ?!

QUE CES LIS SONT BEAUX !
MONSIEUR LE COMTE !!
ALLONS, NE SOIS PAS SI MÉFIANTE
JE N'AI AUCUNE INTENTION DE TE SAUTER DESSUS !
DISTANCE DE SÉCURITÉ ?
À BIEN LES REGARDER, CES LIS SONT ÉTRANGES...
LA FORME DE LEURS FEUILLES AUSSI...
OUI, IL S'AGIT D'UNE NOUVELLE ESPÈCE CRÉÉE PAR MON PÈRE...
IL N'EN EXISTE PAS D'AUTRES AU MONDE...
LADY GERTRUDE DEVAIT AUSSI BEAUCOUP AIMER LES LIS... IL Y EN AVAIT PARTOUT DANS LA MAISON...
MON PÈRE LES A NOMMÉS "JUSTINE"
IL LES A APPELÉS COMME TOI ?
OUI, MON PÈRE M'A TOUJOURS BEAUCOUP AIMÉ DE SON VIVANT...
C'EST POUR CELA QU'IL A CRÉÉ CES FLEURS QUI S'ÉPANOUISSENT DANS L'OMBRE... POUR MOI, QUI NE PEUX SUPPORTER LA LUMIÈRE DU SOLEIL...

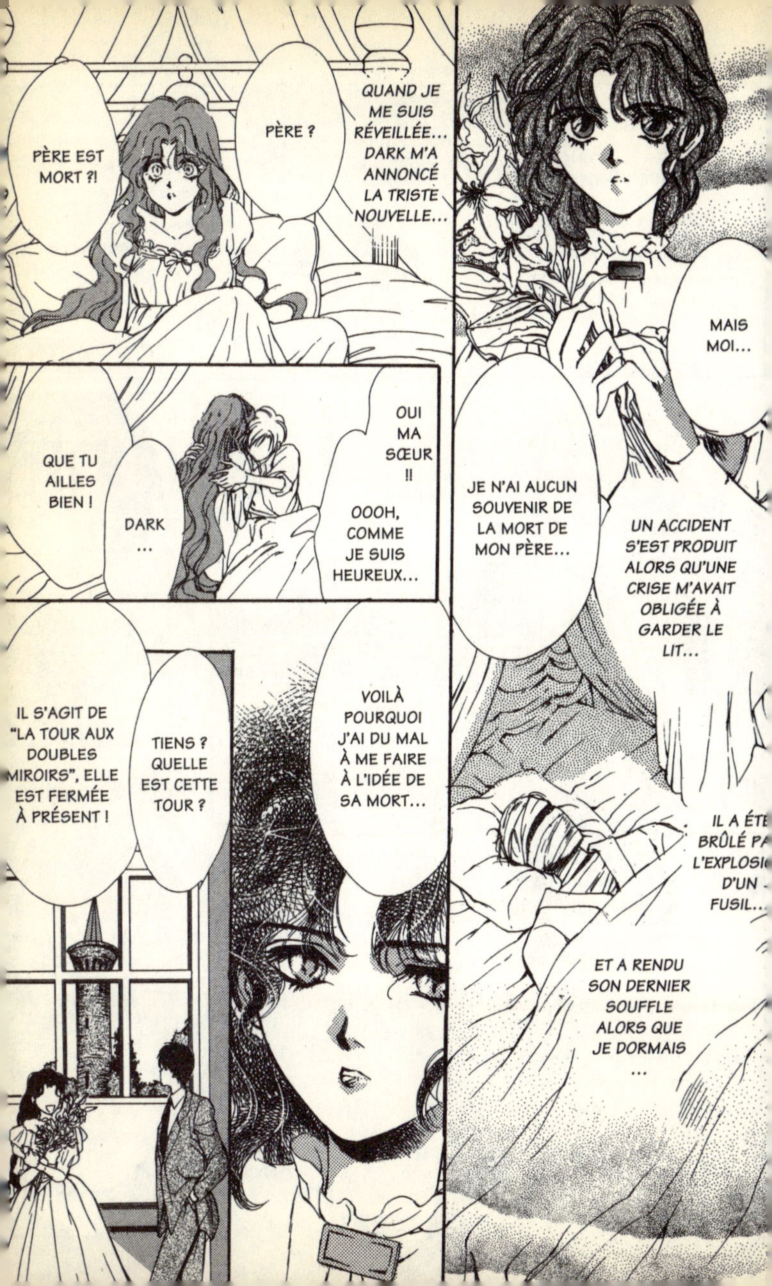

MAIS MOI…
JE N'AI AUCUN SOUVENIR DE LA MORT DE MON PÈRE…
UN ACCIDENT S'EST PRODUIT ALORS QU'UNE CRISE M'AVAIT OBLIGÉE À GARDER LE LIT…
IL A ÉTÉ BRÛLÉ PA L'EXPLOSI D'UN FUSIL…
ET A RENDU SON DERNIER SOUFFLE ALORS QUE JE DORMAIS …
QUAND JE ME SUIS RÉVEILLÉE… DARK M'A ANNONCÉ LA TRISTE NOUVELLE…
PÈRE ?
PÈRE EST MORT ?!
OUI MA SŒUR !!
OOOH, COMME JE SUIS HEUREUX…
DARK …
QUE TU AILLES BIEN !
VOILÀ POURQUOI J'AI DU MAL À ME FAIRE À L'IDÉE DE SA MORT…
TIENS ? QUELLE EST CETTE TOUR ?
IL S'AGIT DE "LA TOUR AUX DOUBLES MIROIRS", ELLE EST FERMÉE À PRÉSENT !

C'EST DANS CET ENDROIT QUE LES VILLAGEOIS AVAIENT CAPTURÉ PUIS ENFERMÉ GERTRUDE LA FEMME-VAMPIRE AVANT DE LA BRÛLER !
ELLE CONTIENT ÉNORMÉMENT DE GRANDS MIROIRS !
LA LÉGENDE PRÉTEND QU'ELLE SERAIT RESTÉE ENFERMÉE LÀ UN MOIS AVEC DES RATS POUR TOUTE NOURRITURE !
....
OH, J'OUBLIAIS... J'AI TROUVÉ CECI !
OOH ! C'EST MA BOUCLE D'OREILLE !!
!
C'EST BIEN CE QUE JE PENSAIS ...
OOH, C'EST MERVEILLEUX !! JE NE M'ÉTAIS MÊME PAS APERÇUE QUE JE L'AVAIS PERDUE !
MERCI BEAUCOUP ♡

CE N'EST RIEN …
LAISSE-MOI FAIRE
MONSIEUR LE COMTE…
AAH… QU'EST-CE QU'IL M'ARRIVE ?
VOILÀ, C'EST PARFAIT
ON DIRAIT QUE CETTE BOUCLE A ÉTÉ CRÉÉE RIEN QUE POUR VENIR DÉCORER TON OREILLE !
QU'EST-CE QUE JE RACONTE MOI ?
EH BIEN, AU REVOIR …
JE ME SENS TOUTE DRÔLE …

GRANDE SŒUR !!
QU'EST-CE QUE CE TYPE…
T'A ENCORE FAIT ?!
DARK !
ドキ ドキ ドキ
NE PARLE PAS DE LUI COMME D'UNE BÊTE SAUVAGE !
JE TE REMERCIE DE T'INQUIÉTER POUR MOI MAIS TU EN FAIS UN PEU TROP
JE ME SENTAIS SI BIEN…
IL EST UN PEU… "SPONTANÉ"… MAIS C'EST QUELQU'UN DE BIEN…
ET PUIS, IL FAUDRA BIEN QUE NOUS NOUS SÉPARIONS ET PARTIONS NOUS MARIER UN JOUR TOI ET MOI !
NOUS NE POUVONS PAS RESTER COMME CELA TOUTE NOTRE VIE…
ET C'EST AVEC LUI… QUE TU VEUX PARTIR ?
NON, JE N'AI PAS DIT ÇA !
MAIS… TU L'AIMES GRANDE SŒUR ?!
ÉCOUTE-MOI DARK !
GRANDE SŒUR !

ぱん
QU'EST-CE QU'IL TE PREND DARK ?!
NOUS SOMMES FRÈRE ET SŒUR, C'EST IMMORAL !!!
IMMORAL ?
TU AS DONC VRAIMENT TOUT OUBLIÉ… DE CE QUI S'EST PASSÉ… CETTE NUIT-LÀ ?
“CETTE NUIT” ?
CE QUE J'AI FAIT POUR TOI… GRANDE SŒUR…
POUR TE PROTÉGER DE NOTRE PÈRE…
POUR ME PROTÉGER…
DE NOTRE PÈRE DIS-TU ?!
… MAIS ALORS …

TOI, "MA GRANDE SŒUR DE LA JOURNÉE", TU OUBLIES TOUT...
TU ES TROP CRUELLE ...
ET C'EST TOI QUI M'Y AS POUSSÉ...
C'EST MOI QUI AI TUÉ NOTRE PÈRE, GRANDE SŒUR...
OH MAIS !!
QUE VEUX-TU QUE J'Y FASSE ?!
RANGE MIEUX TES AFFAIRES !!
CETTE FOIS, C'EST UN FLACON DE SOMNIFÈRE QUI A DISPARU DE MON SAC...
COMTE
ATTENDEZ !

MISS MARY
JE VOUS AI PRÉPARÉ UN BON PURL…
MERCI RIFF
JE LE POSE SUR LA TABLE
AAH, MON FRÈRE !
QUELLE BONNE ODEUR MARY-WEATHER
J'AI TRÈS SOIF, PUIS-JE GOÛTER À TON PURL ?
OUI, BIEN SÛR !

MY LORD !! JE VAIS EN PRÉPARER UN AUTRE POUR VOUS !!
MAIS NON, CELUI-LÀ IRA TRÈS BIEN
NON !!
NE BUVEZ PAS !!

L'HABILE MAJORDOME SEMBLE AVOIR CRU BON "D'ÉPICER" LE PURL DE QUELQUE MANIÈRE…
POURQ ?
POURQUOI VOULAIS-TU TUER MARY ? POURQUOI AS-TU BRÛLÉ LE CHAPEAU QUE JE LUI AVAIS OFFERT ?
POURQUOI CETTE RENCONTRE EN SECRET AVEC JUSTINE ?
ET… L'HOMME QUI A SUCÉ MON SANG L'AUTRE NUIT… C'ÉTAIT TOI N'EST-CE PAS ?
ET C'EST TOI AUSSI… QUI AS TENTÉ…
DE… M'EMPOI-SONNER À LONDRES ?
…
POUR L'INSTANT …
JE NE PEUX VOUS RÉPONDRE MY LORD !

ESPÈCE DE...
TOI... TOI, LE SEUL ÊTRE AU MONDE QUI SACHE TOUT DE MOI...
TOI... QU'IL ME SUFFISAIT DE SAVOIR PRÈS DE MOI, COMME MARY, POUR ÊTRE HEUREUX...
OUI
C'EST VRAI... J'AI ÉTÉ TOUT CELA...
MAIS... C'EST TERMINÉ À PRÉSENT...

RIFF ?!
TU ES SÉRIEUX ?
TU N'ESSAIES MÊME PAS DE NIER ?
OUI... TOUT ÉTAIT TROP FRAGILE...
IL FALLAIT BIEN QUE CELA ÉCLATE ET TOMBE EN MORCEAUX UN JOUR...
MY LORD !
JE N'AI PLUS LES QUALITÉS REQUISES POUR RESTER À VOS CÔTÉS
JE VOUS DEMANDE PARDON POUR LE TRACAS QUE J'AI PU VOUS CAUSER...
MY LORD ...
PRENEZ GRAND SOIN DE VOUS !
JE VOUS EN PRIE...
RI...
FF... ?

SI TU FRANCHIS CETTE PORTE, JAMAIS PLUS TU NE POURRAS REVENIR !!!
TU COMPRENDS BIEN CE QUE CELA SIGNIFIE ?!!
GRAND FRÈRE !!
ONSIEUR E COMTE !!
COM-MENT ...
COMMENT UNE TELLE CHOSE A-T-ELLE PU ARRIVER ?!
!
RIFF !!

POURQU RESTES-T BOUCHE BÉE ?
NE CHERCHAIS-TU PAS À ME REVOIR…
COMTE ?!

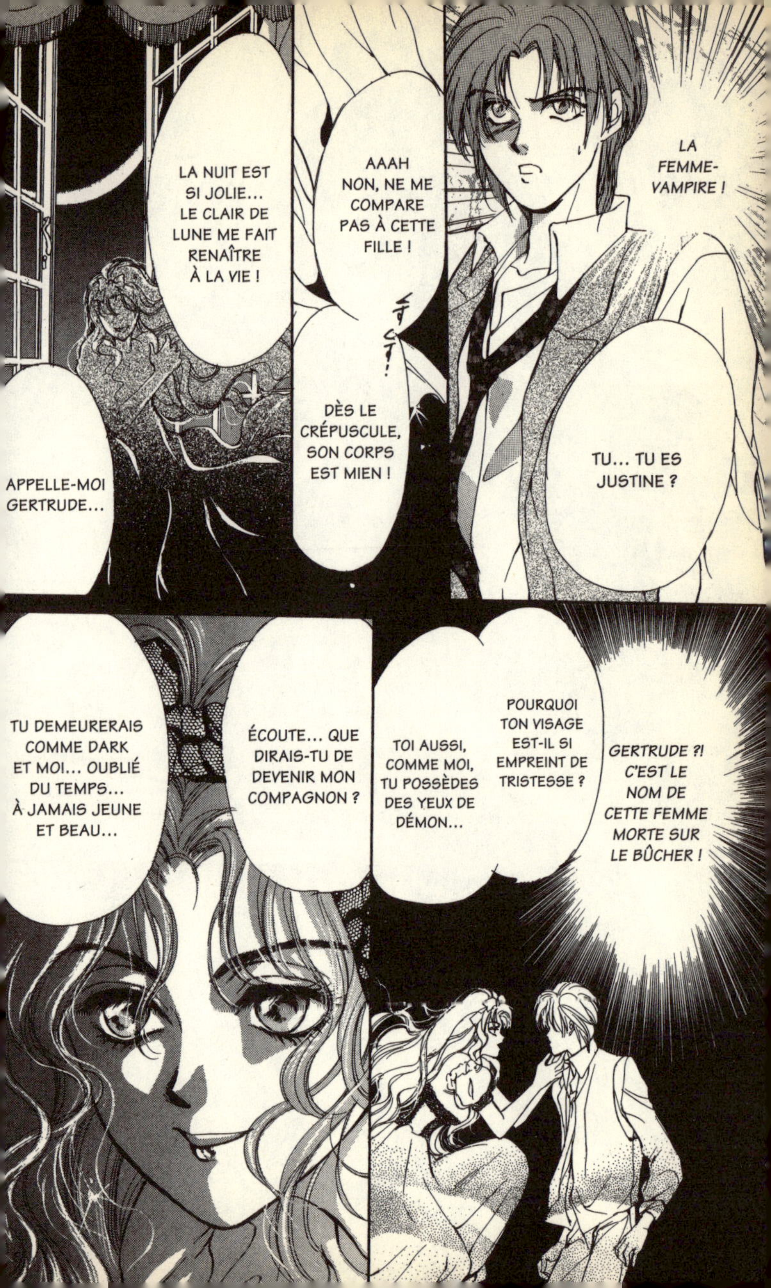
LA FEMME-VAMPIRE !
TU... TU ES JUSTINE ?
AAAH NON, NE ME COMPARE PAS À CETTE FILLE !
DÈS LE CRÉPUSCULE, SON CORPS EST MIEN !
LA NUIT EST SI JOLIE... LE CLAIR DE LUNE ME FAIT RENAÎTRE À LA VIE !
APPELLE-MOI GERTRUDE...
GERTRUDE ?! C'EST LE NOM DE CETTE FEMME MORTE SUR LE BÛCHER !
POURQUOI TON VISAGE EST-IL SI EMPREINT DE TRISTESSE ?
TOI AUSSI, COMME MOI, TU POSSÈDES DES YEUX DE DÉMON...
ÉCOUTE... QUE DIRAIS-TU DE DEVENIR MON COMPAGNON ?
TU DEMEURERAIS COMME DARK ET MOI... OUBLIÉ DU TEMPS... À JAMAIS JEUNE ET BEAU...

DEVENIR SON COMPAGNON ?
PERDRE SOUFFRANCE ET TRISTESSE ...
PLUS PERSONNE NE POURRAIT JAMAIS TE TRAHIR...
TU AS ÉTÉ CHOISI POUR PARTAGER AVEC NOUS LES LIENS DU SANG !
...DANS LES TÉNÈBRES DE LA NUIT ?
...SOMMEILLER JUSQU'À LA FIN DU MONDE...
CHANGER MES BLESSURES EN SECRETS...
COMME UN CADAVRE ENTERRÉ DANS LE JARDIN DE LA MORT...
...DORMIR POUR L'ÉTERNITÉ !!
!

VA-T'EN ESPRIT MALFAISANT !!
DOCTEUR ALLEN !
TOI...
HÉ... HÉ HÉ... TU PENSES VRAIMENT QUE CET OBJET M'EFFRAIE ?!
EXACT !
ET TOI...
...QU'EN PENSES-TU MAINTENANT ?!
AAH !
AAH !! ARRÊTE !!
TOUS... ILS VEULENT TOUS ME FAIRE MOURIR... DANS LES FLAMMES !!

NOOOOOON !!
OUAAAA AAH !!
OUH !! MA MAIN !! ÇA BRÛLE !!!
IMBÉCILE !! AH, VRAIMENT !! TU PARLES D'UN MÉDECIN !!
MONSIEUR LE COMTE !
JE NE SERAI JAMAIS CAPABLE... DE VOUS SERVIR LE THÉ... OU DE LACER VOS CHAUSSURES ...
POURTANT... JE SENS QUE JE POURRAIS PASSER MA VIE À VEILLER SUR VOTRE SANTÉ...

MON PÈRE M'A TOUJOURS ÉDUQUÉ DE FAÇON À CE QUE JE DEVIENNE PLUS TARD MÉDECIN DE LA FAMILLE HARGREAVES...
VOUS SOUVENEZ-VOUS ? IL Y A LONGTEMPS, LORSQUE NOUS JOUIONS ENSEMBLE ET QUE JE ME SUIS GRAVEMENT BLESSÉ...
VOUS... BIEN QU'ÉTANT UN ENFANT RENFERMÉ ET FROID, VOUS VOUS ÊTES MIS À PLEURER À CHAUDES LARMES À MON CHEVET ...
VOUS N'AVIEZ JAMAIS JOUÉ AVEC D'AUTRES ENFANTS DEPUIS VOTRE NAISSANCE... ET CET ACCIDENT VOUS AVAIT PERMIS DE VOUS APERCEVOIR COMBIEN VOUS AVIEZ BESOIN D'UN AMI...
...JE TE DÉTESTE
TOUT LE MONDE FINIT TOUJOURS PAR ME QUITTER... POURQUOI ?
POURQUOI NE PEUT-ON ÊTRE GENTIL AVEC MOI QU'UN COURT INSTANT ?
OUI... ET DE MON CÔTÉ, C'EST À CE MOMENT-LÀ QUE J'AI COMPRIS QUE CET ENFANT OBSTINÉ SERAIT MON MAÎTRE POUR LA VIE !
COMTE ...
QUAND L'ENVIE VOUS PREND DE PLEURER...
PLEUREZ !

NE ME TOUCHE PAS !
JE TE HAIS !
TU ES TOUJOURS LÀ... À M'OB-SERVER ...
JE DÉTESTE CEUX QUI ME CONNAISSENT TROP BIEN...
OUI
JE VOUS AI TOUJOURS OBSERVÉ !
JUSQU'À MAINTENANT... J'AI ESSAYÉ D'ÊTRE POUR LORD CAIN, CE QU'IL N'AVAIT JAMAIS EU... UN PÈRE ET UNE MÈRE...
EN SILENCE, AU FIL DES JOURS, NOUS RENFORCIONS NOS LIENS...
ATTENDS RIFF !
NON ...
SI TU LUI PRÉSENTES TES EXCUSES, JE SUIS SÛRE QUE MON FRÈRE...
MISS MARY !

MAIS MAINTENANT, VOUS ÊTES LÀ...
IL A TROUVÉ CE QU'IL DÉSIRAIT LE PLUS AU MONDE, "UN PARENT QUI PUISSE LUI RENDRE SON AMOUR" !
PEU IMPORTE LE OMBRE D'ANNÉES UE J'AI PASSÉES À SES CÔTÉS, JE NE POURRAI AMAIS SURPASSER CES LIENS DU SANG...
J'AI COMPRIS COMBIEN JUSQU'ICI MON EXISTENCE AVAIT ÉTÉ VAINE...
LORSQUE J'AI RÉALISÉ CELA...
ET À CHAQUE FOIS QUE J'Y PENSE...
CELA ME REND FOU... ET ME FAIT SOUFFRIR...
UN JOUR, IL M'A DIT QUE J'ÉTAIS POUR LUI COMME DE L'AIR...
OUI... C'EST CE QU'IL A DIT ...
RIFF !!
ET MOI ALORS ?!
S'IL M'AIME, C'EST SEULEMENT PARCE QUE JE SUIS CE PARENT QU'IL DÉSIRAIT TANT !
T POUR CELA . M'ENFERME SANS CESSE COMME S'IL RAIGNAIT QUE CONTACT AVEC EXTÉRIEUR NE IE SALISSE ?!

JE NE SUIS
UNE POU
QU'ON PE
GARDER D
UNE CAG
DORÉE.
IMBÉCILE DE FRÈRE !
MISS MARYWEA-THER...
JE VOUS LE CONFIE !
PERMETTEZ-L
D'OUBLIER
TOUTES SES
SOUFFRANC
CAR MOI... JE NE POURRAI PLUS JAMAIS VEILLER SUR LUI !
VAS-TU LE LAISSER FAIRE ?!
GRAND FRÈRE !!
RIFF !!

OUI... COMME DE L'AIR... GRAND FRÈRE !
TU NE T'APERÇOIS QUE LORSQU'IL N'EST PLUS LÀ...
COMBIEN SA DOUCE CHALEUR T'ENVELOPPAIT ...
...T'ÉTAIT NÉCES-SAIRE...
ET PLUS TU EN PRENDS CON-SCIEN-CE...
はっ
PLUS TU SUF-FOQUES ...
ÇA FAIT MAL
OUI ÇA FAIT MAL ...
MAL À EN MOURIR
Chapitre 3/Fin

Kafka
Chapitre 4

JE NE PEUX PLUS RESTER À VOS CÔTÉS…
PRENEZ GRAND SOIN DE VOUS…
VOUS SENTEZ-VOUS BIEN ?
À MER-VEILLE !
VOILÀ DONC LA TOUR OÙ AVAIT ÉTÉ ENFERMÉ LE VAMPIRE ?

OUI, J'AI ENTENDU DIRE QU'ELLE ÉTAIT CONDAMNÉE DEPUIS CETTE AFFAIRE…
AH ? VOILÀ QUI EST CURIEUX !
JE SUIS CERTAIN D'AVOIR VU DU BALCON DE MA CHAMBRE
QUELQU'UN PÉNÉTRER DANS CETTE TOUR, LA NUIT DERNIÈRE …
DE PLUS, ON PEUT SENTIR UN PARFUM DE LIS FRAIS EMBAUMER DE L'INTÉRIEUR
REGARDEZ
C'EST JUSTE VERROUILLÉ, IL SUFFIT D'UNE CLEF POUR OUVRIR
ENCORE CET OUVRAGE SUR LE VAMPIRE ?
EST-IL DONC INTÉRESSANT À CE POINT ?
MOI, J'EN AI ASSEZ DE CETTE HISTOIRE
EH BIEN
DISONS… QU'IL CONTIENT QUELQUES ENSEIGNEMENTS QUI PEUVENT SE RÉVÉLER UTILES DANS LA RÉALITÉ …
PAR EXEMPLE, ÉCOUTEZ LA DESCRIPTION QU'ON Y DONNE DES VICTIMES DU VAMPIRE…
"DURCIES JUSQU'À LA TEXTURE DE L'ÉCORCE D'UN ARBRE, LES VEINES DU COU DE LA MALHEUREUSE ARBORAIENT DES MARQUES DE CROCS"
"SES YEUX ÉTAIENT ROUGES, SA BOUCHE CONSTAMMENT ASSOIFFÉE DE SANG, SA PEAU ET SES MUSCLES AVAIENT PRIS UNE TEINTE SOMBRE…"
"COMME AUTANT DE SYMBOLES DÉMONIAQUES, D'INNOMBRABLES PETITS POINTS NOIRS RECOUVRAIENT SON CORPS"
"ELLE S'ÉTAIT TRANSFORMÉE EN UN MONSTRE À DEMI-FOU !!"

DES RATS FORMAIENT LE CORTÈGE DE LEUR NOUVEAU MAÎTRE, LE VAMPIRE...
SOIF
DURCISSEMENT DES VAISSEAUX LYMPHATIQUES
YEUX ROUGES
PERTE D'ESPRIT
PETITES MARQUES NOIRES SUR TOUT LE CORPS
MAIS ALORS C'ÉTAIT ...
ET PUIS... DES RATS !!
LA PESTE !
ALLEZ-VOUS BIEN ? VOUS N'ÊTES PAS ENCORE TOUT À FAIT REMIS !!
.........!
MONSIEUR LE COMTE !!

C'EST TOI...
QUI ME TENDAIS LA MAIN... DANS MON RÊVE ?
...HEIN ?
TIENS ?
QU'EST-CE QUE TU AS DANS LES CHEVEUX ?
HEIN ?
OH !!

ON DIRAIT QUE MARY T'A FAIT UNE BONNE PLAISANTERIE !
ふる
ふる
ふる
OH NON... J'ESPÈRE QUE JE NE ME PROMENAIS PAS TOUTE LA MATINÉE AVEC ÇA DANS LES CHEVEUX !!
C'EST LA PREMIÈRE FOIS QUE JE VOUS VOIS SOURIRE DE CETTE FAÇON ...
EN VOUS REGARDANT DE PRÈS, JE M'APERÇOIS COMBIEN LA COULEUR DE VOS YEUX EST BELLE...
ILS SONT DORÉS... C'EST TRÈS RARE...
MOI... JE DÉTESTE CETTE COULEUR POUR MES YEUX !!

WILD ♦ TALK

Tiens, j'y pense, on me pose souvent la question : "De quelle couleur sont les yeux de Cain ?". Comme je l'ai dit dans le volume L'Éclosion, *ils sont verts avec des reflets dorés. Pour ceux qui voudraient voir à quoi ça ressemble, regardez les yeux du chat le plus proche de vous. C'est aussi la couleur des yeux de Mill, mon petit chat à moi. Et j'ai également l'impression que les yeux de Jennifer Connelly sont de la même couleur, sur certaines photos. En tout cas, il est super malsain, ce chapitre, hein ?! J'avais horriblement honte en le dessinant, je n'ai même pas pu le montrer à mes parents ! J'étais tellement gênée de dessiner mes personnages "nus", j'ai cru mourir (même si tout le monde se demande bien pourquoi...). Raah, raah... Aah, nooon ! Mon rédacteur m'a rassurée, m'a dit que ça allait... Mais pour moi, ça ne va pas... Ah, et maintenant vous savez pourquoi Suzette (la cousine de Cain) et Augusta (la vraie mère de Cain) se ressemblent. Vous comprendrez quand vous lirez...*

J'AI RAMASSÉ CETTE FLEUR DE LIS DANS LES JARDINS DU CHÂTEAU WEATHERBY !
ELLE EST IDENTIQUE AU PÉTALE TROUVÉ DANS LA MAIN DU CADAVRE !
UNE DOMESTIQUE M'A DIT…
QU'ON NE TROUVAIT CETTE ESPÈCE DE FLEUR QUE DANS CE CHÂTEAU !
JE M'EN DOU-TAIS …
LA NUIT OÙ ELLE EST MORTE, J'AI ENTENDU CE RIRE DES PLUS ÉTRANGES…
ET J'AI ENTRAPERÇU UNE FILLE AUX CHEVEUX NOIRS QUI COURAIT …
NE DITES PAS DE BÊTISES ! CES GENS-LÀ SONT DES ARISTO-CRATES !
ÇA NE POUVAIT PAS ÊTRE LADY JUSTINE !
MAIS ELLE A PEUT-ÊTRE ÉTÉ POSSÉDÉE PAR LE VAMPIRE DU CHÂTEAU
JE VAIS ALLER VOIR MOI-MÊME !!
C'EST MA FILLE QUI A ÉTÉ TUÉE ! JE ME MOQUE D'AVOIR AFFAIRE À DES NOBLES !
BON ! ALLONS TOUS AU CHÂTEAU WEATHERBY !!
OUAIS !!

LA CHAMBRE DE JUSTINE ?
TU N'ENTRES PAS ?
CES FLEURS SONT POUR ELLE N'EST-CE PAS ?
TAIS-TOI ET VA-T'EN !!
QUAND JE TE VOIS...
J'ÉPROUVE DE LA SOUFFRANCE, TU ME FAIS PENSER À...
HEIN ?
OH...
MONSIEUR LE COMTE !

TU T'ES ENCORE ÉVANOUIE…
TE SENS-TU MIEUX MAINTENANT ?
DANS LE LANGAGE DES FLEURS, LE LIS BLANC SIGNIFIE "PURETÉ"…
C'EST UNE FLEUR QUI TE SIED…
J'AI SOUVENT RÊVÉ D'ÊTRE COUVERTE DE LIS BLANC… TELLE UNE JEUNE MARIÉE À LA VIRGINITÉ BÉNIE DE DIEU…
JE VOUS REMERCIE…
J'ADORE CES FLEURS !
OH MAIS, ELLES NE VIENNENT PAS DE MOI MAIS DE TON FRÈRE !
QUOI ?!
C'EST MOI QUI AI TUÉ NOTRE PÈRE… POUR TOI !!

NOOON !!!
NON !
J'AI... J'AI PEUR !!
MONSIEUR LE COMTE ! JE VOUS EN PRIE !! EMMENEZ-MOI !!
JE NE VEUX PLUS RESTER AVEC DARK !!!
IL ME TERRIFIE !!
JUSTINE ...
QUAND IL ME REGARDE LES YEUX REMPLIS DE VICE... JE...
JE VOUS EN PRIE... EMMENEZ-MOI LOIN DE LUI... LOIN DE CES MURS !!
MONSIEUR LE COMTE !!

TROUVES-TU HONTEUX POUR UN FRÈRE D'AIMER SA SŒUR ?
DU VICE ?
PENSES-TU QUE QUELQU'UN QUI NE PEUT VIVRE SANS TOI…
…EST UN DÉMON ?
… MONSIEUR LE COMTE ?
ガタ
AH AAH …
あっはははは
DARK !?

LA VIRGINITÉ BÉNIE DE DIEU ?
DES LIS BLANCS ?
IL Y A VRAIMENT DE QUOI RIRE !!
SURTOUT CONCERNANT UNE TRAÎNÉE PAREILLE !!
UNE FEMME-VAMPIRE AU CORPS ET AU CŒUR SALIS !!
OUI !! NOTRE PÈRE T'AIMAIT, C'EST VRAI !! MAIS PAS COMME SA FILLE !
…OH NON, LOIN DE LÀ…
QUOI ?!
SOUVIENS TOI !!
OUI, SOUVIENS-TOI DE CES "MESSES NOIRES" QUI AVAIENT LIEU DANS LA TOUR AVEC CES HOMMES MASQUÉS !!
UNE NUIT…
PÈRE ?
GRANDE SŒUR ? CES CRIS… QU'EST-CE QUE TU…

QUOI ?!
AAAH… AAAAH…
ATTENDS DARK !! ÉCOUTE …
LE SALAUD !!!
CE N'EST PAS LA PREMIÈRE FOIS…
IL M'A DIT QUE SI J'EN PARLAIS, IL ME TUERAIT !
IL SE PASSE LA MÊME CHOSE PRESQUE TOUTES LES NUITS… J'AI PEUR ! JE NE PEUX PAS LUI RÉSISTER…
G… GRANDE SŒUR !
NE PARS PAS ! NE ME LAISSE PAS SEULE DARK !

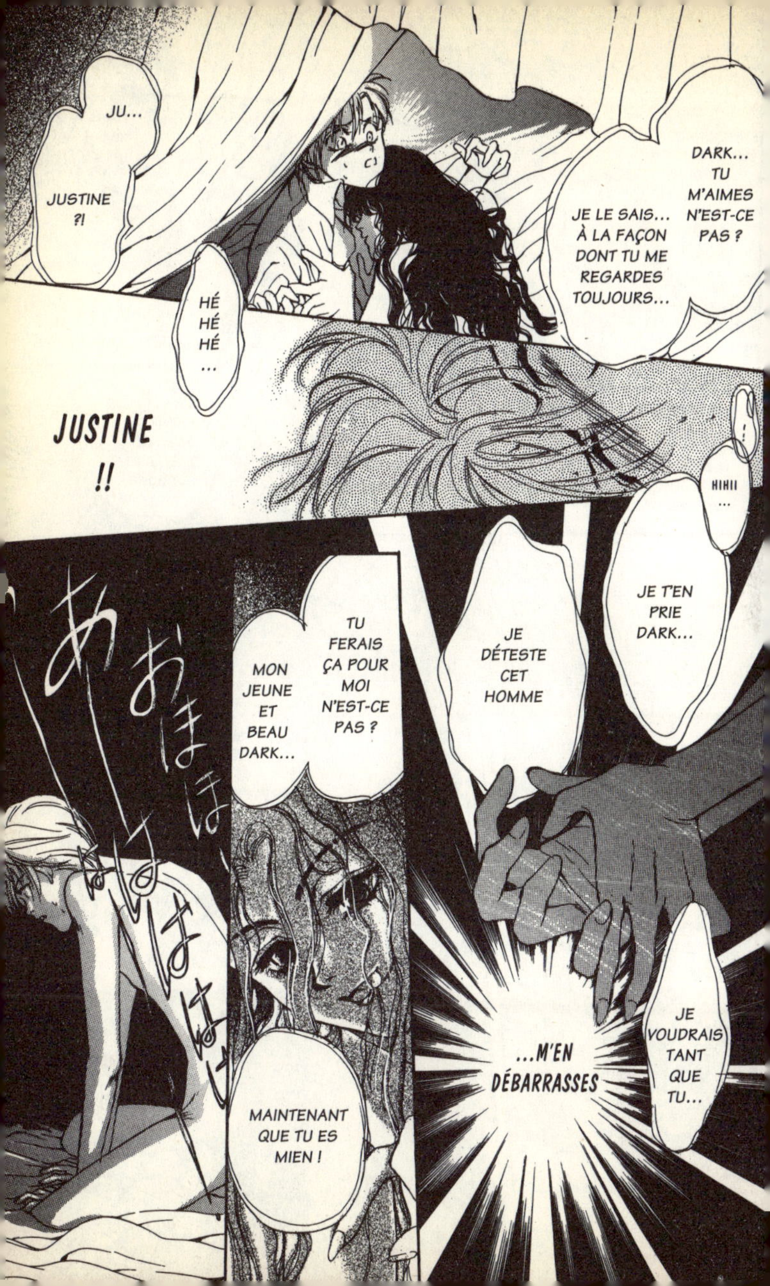
DARK… TU M'AIMES N'EST-CE PAS ?
JE LE SAIS… À LA FAÇON DONT TU ME REGARDES TOUJOURS…
JU…
JUSTINE ?!
HÉ HÉ HÉ …
!
HIHII …
JUSTINE !!
JE T'EN PRIE DARK…
JE DÉTESTE CET HOMME
TU FERAIS ÇA POUR MOI N'EST-CE PAS ?
MON JEUNE ET BEAU DARK…
JE VOUDRAIS TANT QUE TU…
…M'EN DÉBARRASSES
MAINTENANT QUE TU ES MIEN !

JE PENSAIS QUE CELA AVAIT UN RAPPORT AVEC CES MESSES NOIRES QUE PRATIQUAIENT MON PÈRE ET CES HOMMES MASQUÉS…
L'INVOQUAIENT-ILS À TRAVERS MA SŒUR, POUVAIT-ELLE VIVRE À TRAVERS ELLE ?
JE NE SAVAIS PLUS OÙ J'EN ÉTAIS …
JE NE RECONNAISSAIS PLUS MA SŒUR… ELLE N'AVAIT PLUS RIEN EN COMMUN AVEC CELLE QU'ELLE ÉTAIT LE JOUR !!
CETTE GERTRUDE, LA FEMME AUX AMANTS INNOMBRABLES, QUI AVAIT EMPOISONNÉ SES HUIT MARIS…
…COMME POUR MARQUER CETTE HÉRÉDITÉ, LES GENS DE CETTE MAISON AVAIENT LES CANINES DÉVELOPPÉES COMME DES CROCS
…MAIS JE NE PUS ÉCHAPPER À SON ENVOÛTEMENT…
PLUS TARD…
ARRÊTE !!
NE TOUCHE PAS À MA SŒUR !
OUA AAH !!

BIEN DARK, LAISSE-LE BRÛLER COMME L'INSECTE NUISIBLE QU'IL EST !!
POU… POURQUOI ? JUSTI…
DARK…
PARCE QUE TU ES VIEUX ET INUTILE…
CONTRAIRE-MENT À MOI QUI POSSÈDE JEUNESSE ET BEAUTÉ ÉTERNELLES !
P… POURQUOI ?

JUS… TINE !!
TU VAS… ME LE PAYER !!
PÈRE S'ÉVANOUIT… PUIS MOURUT PEU APRÈS…
QUANT AU VISAGE DE MA SŒUR …
NON !! JE NE PEUX PLUS VOIR CE VISAGE !!!
FAIS QUELQUE CHOSE DARK !! SAUVE-MOI !!
GRANDE SŒUR !

À CE MOMENT-LÀ, UN HOMME PORTANT UN MASQUE SOMBRE APPARUT...
L'ÂME D'UN VAMPIRE HABITE SON CORPS... ET COMME CELUI QUI A JETÉ CE SORT EST MORT, IL EN DEMEURERA AINSI POUR TOUJOURS !
POUR REDEVENIR BELLE, IL LUI FAUDRA VENDRE SON ÂME AU DIABLE...
EN S'ABREUVANT DU SANG D'AUTRES ÊTRES VIVANTS...
IL ÉTAIT IMPOSSIBLE DE FAIRE MARCHE ARRIÈRE
MA SŒUR DEVINT UN VAMPIRE, TUANT EN SECRET, NUIT APRÈS NUIT...
ET SON VISAGE GUÉRIT AU FIL DU TEMPS...
QUAND ELLE VOUS RENCONTRA, MONSIEUR LE COMTE, SON VISAGE VENAIT DE REDEVENIR NORMAL... ELLE AVAIT RETROUVÉ SES ESPRITS...
TU TE SOUVIENS MAINTENANT ?! OUI, JE SUIS UN ASSASSIN !!
MAIS TOI TU ES UN VAMPIRE QUI A LES MAINS COUVERTES DU SANG DE DIZAINES DE PERSONNES !!
ARRÊÊÊÊÊÊÊETE !!

NOOON
OH !
JE... JE LUI AI TOUT DIT...
TOUT !!
DARK...
NE ME TOUCHE PAS !! QUE PEUX-TU COMPRENDRE À TOUT ÇA ?!!
TOUT EST... FINI !!
C'EST TERRIBLE !
TU TE MOQUES DE MOI HEIN ?!

TOUT CE QUI T'INTÉRESSE, C'EST DE PRENDRE MA SŒUR !!
TU TE FICHES BIEN DE MOI !!
NE DIS PAS CELA !
JE COMPRENDS TA DOULEUR MIEUX QUE QUICONQUE...
IL Y A LONGTEMPS, JE SUIS TOMBÉ AMOUREUX DE MA COUSINE SUZETTE...
ELLE AVAIT DU CARAC-TÈRE ET ÉTAIT TÊTUE...
AU POINT...
DE REVENIR DE LA MORT CHERCHER CELUI QU'ELLE AIMAIT !
ÇA N'A RIEN À VOIR !! C'ÉTAIT TA COUSINE !!
JE PENSAIS QU'ELLE ÉTAIT MA COUSINE
JUSQU'À CE JOUR OÙ, TOUT COMME TOI, J'AI TUÉ MON PÈRE !

LA COULEUR DE MES YEUX… EST TRÈS RARE N'EST-CE PAS ?
MON PÈRE M'AVAIT TOUJOURS DÉTESTÉ
PARCE QUE LA FEMME QUE J'APPELAIS "MÈRE" N'ÉTAIT PAS MA MÈRE EN RÉALITÉ…
ELLE, ELLE DEVINT FOLLE APRÈS AVOIR MIS AU MONDE LE FILS DE SON FRÈRE… SES CHEVEUX BLANCHIRENT…
ET PLUS TARD, SOUS MES YEUX… ELLE SE DONNA LA MORT !
JE SUIS LE FRUIT DE L'UNION COUPABLE DE MON PÈRE AVEC… SA PROPRE SŒUR AUGUSTA… LA COULEUR DE MES YEUX EST LA CONSÉQUENCE DE LEUR CONSANGUINITÉ…
QUANT À MON PÈRE, PERSUADÉ QUE J'ÉTAIS LE RESPONSABLE DU TRÉPAS DE SON AUGUSTA BIEN-AIMÉE…
IL TENTA DE ME TUER
POUR ÉCHAPPER À CE FUNESTE SORT…
JE DUS MPOISONNER SA PIPE… JE N'AVAIS QUE 12 ANS À L'ÉPOQUE…
N'OUBLIE PAS !
PERSONNE NE T'AIMERA JAMAIS… ET TU MOURRAS SEUL ET ABAN-DONNÉ !
"CAIN" …
PREMIER ASSASSIN DE L'HISTOIRE DE L'HUMANITÉ !!

SUZETTE ÉTAIT LA FILLE DE CELLE QUE JE PRENAIS POUR MA TANTE, AUGUSTA…
ELLE ÉTAIT DONC MA SŒUR !!
SANS LE SAVOIR, JE REPRODUISAIS LA MÊME FAUTE QUE MON PÈRE !
ÉCOUTE. TOI, TU E ENCORE JEUNE..
LE SENTIMENT QUE TU RESSENS POUR TA SŒUR N'EST QU'UNE ILLUSION D'AMOUR QUE L'ON ÉPROUVE À LA PUBERTÉ…
MAIS… POUR MOI, C'EST DIFFÉRENT …
QUOI QUE JE FASSE… JE NE PEUX PAS AIMER CEUX QUI NE PARTAGENT PAS MON SANG…
CAR J'IGNORE COMMENT LE FAIRE …
NE NOUS LAISSONS PAS ALLER AINSI, OU TOUT SERA FINI…
NOUS DEVONS NOUS SAUVER !!
CELA EST ENCORE POSSIBLE !

J'AI SI PEUR !!
JE NE PEUX PLUS REVENIR EN ARRIÈRE… OÙ QUE J'AILLE, TOUT ME PARAÎT NOIR !!
J'AI ESSAYÉ DE SUPPORTER ÇA TOUT SEUL… SANS EN DIRE UN MOT À "MA SŒUR DE JOUR" !!
MAIS CHAQUE NUIT, JE SUIS RÉVEILLÉ PAR LE MÊME CAUCHEMAR !! UN MONSTRE ME POURSUIT… ET… JE N'AI AUCUNE ISSUE !!
J'AI SI PEUR !! PEUR À EN MOURIR !!
JE NE CESSE DE CRIER POUR QU'ON ME VIENNE EN AIDE… EN VAIN !!!
J'AI PEUR !!
NON, C'EST UN MEN-SONGE !
はあはあ
UN MENSONGE !!

LA CLEF DE LA TOUR... DANS CE VASE ?!
POURQUOI ? A-T-ON VOULU LA CACHER ?!
JUSTINE ?
OOH MAIS !
C'EST LA CLEF DE CETTE GRANDE TOUR ?
DIS, TU M'EMMÈNES LA VOIR JUSTINE ?!
HEIN ?
OUI...
OUI...
JE NE VEUX PLUS RESTER DANS CE CHÂTEAU !
TOUTE CETTE HISTOIRE... C'EST DARK QUI L'A INVENTÉE !!
JE NE SUIS PAS UN VAMPIRE !!

CE PARFUM... DES LIS ?
NON... ON DIRAIT QUE L'ODEUR DES LIS EN COUVRE UNE AUTRE...
UNE ODEUR ÉTRANGE...

きゃあああああ

QUI… CE REFLET DANS LE MIROIR… QUI EST-CE ?
CETTE BOUCLE D'OREILLE…
CE VISAGE…
C'EST MOI !?
OUI, JE ME SOUVIENS
C'EST MOI !!

JE SUIS UNE FEMME-VAMPIRE AU CORPS ET AU CŒUR SALIS...
JUSTINE !! SORTONS VITE D'ICI !!
JUSTINE !!
HÉ... HÉ HÉ HÉ... L'IMBÉCILE...
PENSER QUE LA PURETÉ D'UN LIS ME SIED...

Chapitre 4/Fin

Kafka
Chapitre final

NOOOON !!
JUSTINE !!
QUI A CRIÉ ?!
ÇA VENAIT DE CETTE TOUR !!
VOUS VENEZ CHASSER LE VAMPIRE ?!

LE COMTE… LES HABITANTS DU CHÂTEAU… IL N'Y A PLUS PERSONNE !
MAIS ALORS …
ILS SERAIENT TOUS DANS LA TOUR ?
MARY !!
ばっ
GRAND FRÈRE !
JUSTINE !
HÉ HÉ …
NE T'AI-JE PAS DÉJÀ DIT QUE J'ÉTAIS GERTRUDE, COMTE ?
LA FEMME REVENUE À LA VIE POUR SE VENGER DE CEUX QUI L'ONT CONDAMNÉE À MORT !

TU AS TORT !
IL N'EXISTE ABSOLUMENT AUCUNE PREUVE QUE GERTRUDE AIT ÉTÉ UN VAMPIRE !
À CETTE ÉPOQUE, ÉNORMÉMENT DE GENS SONT MORTS C'EST VRAI... VICTIMES NON PAS D'UN VAMPIRE... MAIS DE LA PESTE !
DEVANT L'ASPECT DES CORPS, LE VILLAGEOIS SE SONT IMAGINÉ QUE SEULE UNE SORCIÈRE POUVAIT ÊTRE L RESPONSABLE DU MASSACRE ...
MALGRÉ SES 40 ANS PASSÉS, LADY GERTRUDE PARAISSAIT TOUJOURS JEUNE ET BELLE... À CAUSE DE CELA, LA RUMEUR S'AMPLIFIA ET PORTA LE DISCRÉDIT SUR ELLE...
LES GENS AVAIENT PEUR... ILS FINIRENT PAR SE PERSUADER QU'ELLE ÉTAIT UN MONSTRE... ET C'EST AINSI QUE L'HORRIBLE TRAGÉDIE COMMENÇA ...
IL SEMBLE QU'EN FAIT, ELLE AIT ÉTÉ VICTIME D'UNE MACHINATION OURDIE PAR QUELQUE NOBLE AMOUREUX ÉCONDUIT ...
DE NOS JOURS, UN SIMPLE EXAMEN SUFFIRA À ÉTABLIR LA VÉRITÉ !
ALORS... QUI SUIS-JE ?
TU ES JUSTINE... DEPUIS TOUJOURS ...
MAIS TA PERSONNALITÉ EST DOUBLE !

WILD ◆ TALK

Ah zut, cette fois-ci, comme pour Le Royaume des graviers, *il ne me restait plus assez de pages pour le dernier chapitre. Ahoo-Grrr, ça m'énerve !! Les amis, vous m'avez tous dit : "Je suis du même avis que Mary !!". Voici ce qu'on me dit le plus souvent : "Je me suis inquiété pour de bon" ou "Rendez-moi les larmes que j'ai versées" <= Je me demande s'ils ont vraiment pleuré. (Ah, pour tous ceux qui n'auraient pas encore tout lu, ne regardez la suite que quand vous aurez fini de lire* Kafka *en entier) Beaucoup d'entre vous suspectaient le docteur dès le départ (Je m'en doutais, c'est pour cela que j'ai arrangé l'histoire ainsi). Pour tout dire, d'habitude, j'ai horreur des garçons à cheveux longs… Mais je lui ai fait des cheveux longs quand même. Certaines personnes ont cru voir Justine en couverture (Vous n'êtes pas encore assez bons). Mais j'ai bien fait attention à dessiner le visage de Cain comme d'habitude. Je crois que je suis de plus en plus tordue…*

DOCTEUR ALLEN !
TOUT VA BIEN MONSIEUR LE COMTE ?!
LA PIÈCE EST REMPLIE DE CADAVRES …
VOUS AVEZ VU ÇA ?!
SES DENTS, CE SONT DES CROCS !! C'ÉTAIT BIEN UN VAMPIRE !!
TUEZ-LA !!
HÉ… HÉ HÉ HÉ, PAUVRES PRÉSOMPTUEUX !
VOUS N'ÊTES QUE DES INSECTES …
NE VOUS AVISEZ PAS DE ME TOUCHER !
JE VAIS TOUS VOUS FAIRE BRÛLER !!
!

OUAAAAH !!
LE FEU !!!
DE L'HUILE AROMATIQUE ?!
NE RESTONS PAS LÀ !
GRANDE SŒUR...
VIENS DARK !
LES FLAMMES ...ET CET ENDROIT...
C'EST LA TOUR ?!
... HEIN ?
QU'EST-CE QUE JE FAIS ICI ?!
N... NON !! J'AI PEUR !!

DARK… OÙ ES-TU ?
AU SECOURS !! J'AI PEUR ! JE NE VEUX PAS RESTER ICI !
DARK !!
ピタ
DARK !?

DA…
DARK !?
IMBÉCILE !! OUVRE CETTE PORTE !!
…ABAN-DONNONS, COMTE
NOUS NE POUVONS ÊTRE SAUVÉS
PEU IMPORTE COMBIEN J'AI PU VOULOIR FUIR MON DESTIN… FINALEMENT, J'AI CHOISI DE MOI-MÊME… LA SEULE VOIE POSSIBLE !
JE N'AVAIS AUCUN MOYEN DE GAGNER …
COMME NOUS SOMMES PITOYA-BLES !
VRAI-MENT …
AAH, MA SŒUR M'APPELLE
IL FAUT QUE J'Y AILLE…

AU REVOIR… JE PARS DEVANT !
DARK !!
C'EST TROP DANGEREUX MONSIEUR LE COMTE ! LE FEU EST DÉJÀ ARRIVÉ JUSQU'ICI…
LÂCHE-MOI !!
カッ
DA…
…RK !
MONSIEUR LE COMTE ?
VOUS ÉTIEZ LÀ ? REGARDEZ !

MES MAINS SONT ROUGES, COMME COUVERTES DE SANG... J'AI BEAU FROTTER, ELLES RESTENT AINSI...
JE VEUX ÊTRE UNE JEUNE MARIÉE, PURE, À QUI SIED LE LIS BLANC...
PLUS HEUREUSE... QUE QUICONQUE...
...TU ES CRUELLE GRANDE SŒUR !
POUR LA DERNIÈRE FOIS... REGARDE-MOI !
TOUT IRA BIEN GRANDE SŒUR !
TIENS, REGARDE !
MES MAINS AUSSI SONT COUVERTES DE SANG...
COMME LES TIENNES !
NOUS SOMMES ENSEMBLE TU VOIS ?
PEU IMPORTE QUAND, PEU IMPORTE OÙ...
OÙ QUE TU AILLES, JE TE SUIVRAI !

DARK...
ENSEMBLE... OUI...
PARDON, COMTE !!
FINALEMENT JE N'AI PAS PU VAINCRE MON DESTIN
PARDON ...
LES FLAMMES EMPORTÈRENT LES DEUX ENFANTS ...
...NE LAISSANT D'EUX QU'UNE ODEUR SUFFOCANTE DE LIS BRÛLÉ ...
ÉCOUTEZ ...

POUR HIER SOIR… IL N'Y AVAIT RIEN D'AUTRE À FAIRE !
……
JE SAIS …
JE LE SAIS BIEN
MAIS…
POURTANT !
TU ÉCRIS ENCORE UN LETTRE À LADY DELILAH
QUELLE OBSTI-NATION …
C'EST BIEN QUE TA CHAMBRE SOIT AU DEUXIÈME ÉTAGE, ON VOIT TOUTE LA FORÊT D'ICI…
OUI, J'AIME BEAUCOUP CETTE VUE MOI AUSSI !
AU FAIT, L'AUTRE JOUR, TU M'AS DIT QUE TU AVAIS VU QUELQU'UN PÉNÉTRER DANS LA TOUR À PARTIR DU BALCON DE TA CHAMBRE… PEUX-TU M'EXPLIQUER COMMENT TU AS PU REGARDER EN BAS D'ICI…
MALGRÉ TA PEUR DES HAUTEURS ?
…ALORS QU'AVANT, TU MOURAIS DE PEUR À SEULEMENT DEUX MÈTRES DU SOL ?!

EH BIEN C'EST SIMPLE…
C'EST PARCE QUE JE NE SUIS PAS LE RAI DOCTEUR ALLEN !
!?
JE SUIS DÉSOLÉ… VOUS DEVEZ PROBABLEMENT DÉTESTER LES FOUETS…
LES MARQUES QUE VOUS A FAITES VOTRE PÈRE SONT TOUJOURS BIEN VISIBLES DANS VOTRE DOS…

CE MASQUE !
MAIS ALORS… TU ES L'HOMME EN NOIR QUI A ENVOÛTÉ JUSTINE ?
OUI…
CETTE HISTOIRE DE VAMPIRE N'ÉTAIT QU'UNE LÉGENDE DONT JE ME SUIS SERVI
J'AI UTILISÉ SUR CETTE FILLE UNE MAGIE NOIRE À FORT POUVOIR HYPNOTIQUE PERMETTANT DE RÉVEILLER LA BÊTE QUI SOMMEILLE EN CHACUN DE NOUS !
CETTE BÊTE QUE "DELILAH" APPELLE… UN TOTEM !
"DELILAH" ?!
OUI, CE N'EST PAS LE NOM D'UNE FEMME COMME VOUS LE CROYIEZ…
MAIS D'UNE ORGANISATION SECRÈTE DONT JE SUIS, MOI, DOCTEUR JEZABEL DISRAELI, "COLLECTEUR D'ÂMES" !
PEU APRÈS SON ACCIDENT… SUR SON LIT DE MORT, LE PÈRE DE DARK A SIGNÉ UN CONTRAT AVEC NOUS…
À LA MORT DE SES DEUX ENFANTS, TOUTES SES RICHESSES DOIVENT REVENIR À DELILAH

À CAUSE DES MARIAGES CONSANGUINS E SES ANCÊTRES, JUSTINE POSSÉDAIT DE LONGUES CANINES, ASSEZ GROSSES OUR NOUS PERMETTRE D'Y INTRODUIRE UN POISON… RÂCE À CETTE SUBSTANCE, SES VICTIMES AURAIENT TOUTES L'AIR D'AVOIR ÉTÉ VIDÉES DE LEUR SANG PAR UN VAMPIRE…
APRÈS QU'ELLE VOUS A MORDU, C'EST MOI QUI VOUS AI SAUVÉ EN ASPIRANT CE POISON
À L'ORIGINE, DELILAH ÉTAIT UN RASSEMBLEMENT DE DOCTEURS… APRÈS DES RECHERCHES SUR L'ALCHIMIE, ILS ONT DÉCOUVERT DES PROCÉDÉS MÉDICAUX DÉMONIAQUES…
LA RÉPARATION DU VISAGE DE JUSTINE A ÉTÉ OBTENUE PAR L'UTILISATION D'UNE TECHNIQUE TRÈS AVANCÉE DE TRANSPLANTATION
QUOI ?!
OUI ! QU'ILS SOUFFRENT !!
EN ÉCHANGE… JE VEUX QUE DARK ET JUSTINE… SOUFFRENT !!
POURQUOI VEUX-TU À CE POINT MA MORT ?
ÇA N'AURAIT RIEN EU D'AMUSANT DE VOUS FAIRE MOURIR SI TÔT…
FAITES-LEUR VIVRE UN ENFER !!
PARCE QUE JE VOUS HAIS !

JE VEUX QUE VOUS MOURIEZ COMTE !
PARCE QUE VOTRE EXISTENCE... NE M'A CAUSÉ QUE SOUFFRANCE !
MALHEU-REUSEMENT, SELON LA RÈGLE DE NOTRE ORGANISATION, SI JE TUE UN NOBLE AUTRE QU'UNE CIBLE DÉSIGNÉE...
J'ENCOURS UN GRAVE CHÂTIMENT ...
C'EST POURQUOI, À LA PLACE...
JE VEUX VOS YEUX !
J'EN PRENDRAI GRAND SOIN CROYEZ-MOI...
JE LES METTRAI DANS UN JOLI FLACON EN VERRE !
VOUS LA DÉTESTEZ N'EST-CE PAS CETTE COULEUR MAUDITE...
LE...
JE ME DEMANDE QUELLE TÊTE "IL" FERA QUAND JE LUI MONTRERAI VOS YEUX...
NE VOUS EN FAITES PAS, ENDORMEZ-VOUS ET JE RÈGLERA TOUT...
LE SALAUD ...
IL NE PLAISANTE PAS !!

ESPÈCE DE...
HEIN ?!
QUOI ?!
MAIS... C'EST MON STYLO PLUME !!
RIFF ?!

NE BOUGEZ PAS
QU... QU'EST-CE QUE TU FAIS ICI ?!
LORD CAIN S'EST MÉFIÉ DE VOUS DÈS LE DÉBUT...
MON RENVOI N'ÉTAIT QU'UNE EXCUSE ME PERMETTANT DE RETOURNER À LONDRES POUR ENQUÊTER SUR VOUS EN TOUTE TRANQUILLITÉ
QU'EST-CE QUE TU DIS ?!
J'AI APPRIS QUE LE VÉRITABLE DOCTEUR ANSELL ALLEN, OU PLUTÔT SON CORPS... AVAIT ÉTÉ RETROUVÉ DANS LA TAMISE...
SON VISAGE AVAIT ÉTÉ ROUÉ DE COUPS ET ÉTAIT IMPOSSIBLE À IDENTIFIER, HEUREUSEMENT, IL LUI RESTAIT QUELQUES DENTS...
J'AI RELEVÉ LES EMPREINTES SE TROUVANT SUR VOTRE STYLO DOCTEUR ...
JE N'EN AI DONC PLUS BESOIN !
!
JE NE SUIS PAS AUSSI HABILE AVEC LES ARMES À FEU QUE LORD CAIN...
LE COUP POURRAIT PARTIR AU MOINDRE DE VOS MOUVEMENTS !

LA SERVANTE DE LA MAISON DE LONDRES QUE VOUS AVIEZ PAYÉE POUR FAIRE BOIRE DU POISON À LORD CAIN… S'EST SUICIDÉE…
ON A TROUVÉ DES TRACES D'UNE SUBSTANCE TOXIQUE DANS SES DENTS…
VOTRE PLAN ÉTAIT TROP PARFAIT DOCTEUR
MA MALADIE… LA FAÇON DONT VOUS EN AVEZ PROFITÉ, POUR ME FAIRE VENIR ICI…
LES INCIDENTS SE SONT ENCHAÎNÉS APRÈS VOTRE ARRIVÉE
ET SURTOUT, JAMAIS RIFF NE M'AURAIT TRAHI
MAIS…
CETTE FILLE… QUE J'AI VU AVEC RIFF DANS LA FORÊT…
SI CE N'ÉTAIT PAS JUSTINE, QUI ÉTAIT-CE ?
EH BIEN
NE L'AVIEZ-VOUS PAS DIT VOUS-MÊME ?
…C'ÉTAIT UN DÉMON !

!
PFF !
HÉ HÉ HÉ… ÇA JE N'AURAIS JAMAIS CRU !!
VOUS VOUS ÊTES DONC JOUÉS DE MOI ?
DOCTEUR… QUOI QUE VOUS FASSIEZ, JE NE PEUX VOUS PARDONNER !
SURTOUT QUAND JE PENSE AU SORT TRAGIQUE DE CES DEUX ENFANTS !
PFF…
AVEZ-VOUS OUBLIÉ CE QU'"IL" VOUS A DIT !!?
"IL N'EST PAS QUESTION QUE JE TE LAISSE ME TUER !"
!

MERDE !!
IL A UTILISÉ LE MÊME PROCÉDÉ QUE LA SERVANTE !!
HÉ… HÉ HÉ… MÊME MAINTENANT… VOUS RESTEZ…
…CE QU'IL AIME… CETTE FRACTION DE SON SANG… DANS CE MONDE…
…QU'IL MAUDIT LE PLUS !!
!?
CET HOMME… LE FONDATEUR ET LE MAÎTRE CRUEL DE DELILAH ! !
IL M'A RECUEILLI …ET M'A ÉLEVÉ…
ALORS QUAND J'AI APPRIS VOTRE EXISTENCE …
JE VOUS AI AUSSITÔT HAÏ…
OUI…
HAÏ !
…

MON PÈRE EST TOUJOURS EN VIE ?!
MY LORD ...
JE TE REMERCIE POUR TON TRAVAIL, RIFF...
JE N'EN PUIS PLUS DE TOUTE CETTE COMÉDIE
NE ME QUITTE PLUS JAMAIS
BIEN...
IL ME FAUT PENSER QUE MON PÈRE...
QUELQUE PART, À CET INSTANT MÊME... CONTINUE DE ME DÉTESTER !!

カタカタ
カタ!
ガタ ガタ。。
ガタ.
!?
ヒヒイイイイイン!!
ズズィー
ズルーッ
ギリ… ギリギリ

LONDRES
ET ALORS ?
EH BIEN EN FAIT ...
TON CHAPEAU... CONTENAIT DU POISON... RIFF S'EN EST APERÇU EN VOYANT QUE LA COULEUR DE SON RUBAN AVAIT UN PEU CHANGÉ...
JE SUPPOSE QUE C'EST LE DOCTEUR QUI A TOUT MANIGANCÉ, POUR ME FAIRE DOUTER DE RIFF...
JE SUIS MORT DE PEUR
CETTE DAME À L'AUBERGE N'AVAIT PAS VU LE DOCTEUR ALLEN DEPUIS PLUS DE DIX ANS...
ET PUIS, IL RESSEMBLAIT TELLEMENT AU VRAI QU'ELLE S'Y EST LAISSÉE PRENDRE...
BON... ET CETTE FILLE QUI ÉTAIT AVEC RIFF, QUI ÉTAIT-CE ALORS ?
クルッ!
AU FAIT... COMMENT VOUS ÊTES VOUS PROCURÉ LA BOUCLE D'OREILLE DE MISS JUSTINE ?
JE L'AI SUBTILISÉE AU MOMENT OÙ JE L'AI EMBRASSÉE ...
ET JE L'AI POSÉE LÀ POUR QUE LE DOCTEUR LA TROUVE
HÉ LÀ !!
ばすっ

くすくす！
VOUS M'AVEZ JOUÉ LA COMÉDIE À MOI AUSSI !!
JE ME SUIS INQUIÉTÉE, FIGUREZ-VOUS !
VOUS PENSIEZ RÉELLEMENT QUE JE POURRAIS VOUS QUITTER POUR UNE RAISON SI SAUGRENUE ?
JE NE SUIS PAS JALOUX COMME SEUL UN ENFANT POURRAIT L'ÊTRE !
MOI, JE SUIS UN ADULTE N'EST-CE PAS ?
JE SUIS TRÈS CONTENT AU CONTRAIRE QUE MONSIEUR CAIN SE RÉJOUISSE CHAQUE JOUR DE VOTRE PRÉSENCE AUTANT QUE DE LA MIENNE ...
DANS VOTRE THÉ, JE N'AVAIS MIS QU'UN PETIT LAXATIF
JE... JE ME SUIS FAIT AVOIR PAR SON VISAGE ANGÉLIQUE ET SON AIR INNOCENT !!
GRR... QUEL...
QUEL TYPE EXÉCRABLE !!
TYPE EXÉCRABLE
QUOI ?!
MY LORD, À PROPOS DE L'AFFAIRE DU VOL DU CADAVRE DU DOCTEUR DISRAELI...
IL SEMBLE QUE LE CERCUEIL AIT ÉTÉ OUVERT... DE L'INTÉRIEUR !
MAIS ALORS ...

EN TANT Q DOCTEU IL CONN SAIT É DEMME DES SU STANC POUVA LUI DON L'APPA RENCE LA MOR
JE ME SUIS MONTRÉ IMPRUDENT …
DISONS SIMPLE-MENT QUE VOUS AVEZ FAIT PARTIE ÉGALE
JE DOIS LE RECONNAÎTRE !
GRRRR... CES DEUX-LÀ !!!!
JE VOUS DÉTESTE TOUS LES DEUX !!!
SORTEZ D'ICI TOUT DE SUITE !!!

TU PENSES QUE TOUT CECI SUFFIRA À CALMER MARY ?
VOILÀ POURQUOI JE VOULAIS QUE CE SOIT TOI QUI TE DÉGUISES EN FILLE !
MAIS UNE FEMME DE MA TAILLE N'EXISTE PAS... LE DOCTEUR AURAIT TOUT DE SUITE COMPRIS LE SUBTERFUGE...
MAIS CE DÉGUISEMENT VOUS ALLAIT TRÈS BIEN... MÊME UN PEU TROP...
CE TYPE NOUS SURVEILLAIT TOUT LE TEMPS...
NOUS N'AURIONS JAMAIS PU DISCUTER AUTREMENT
OUI... SES YEUX DE SERPENT ÉTAIENT TOUJOURS À L'AFFÛT ...
IL A DIT... QU'IL S'APPELAIT ... JEZABEL DISRAELI !
CE QUI EST TERRIBLE, C'EST LA FAÇON DONT IL S'EST SERVI DE CES DEUX ENFANTS...
...!
C'EST VRAI ... FINALEMENT
JE N'AI PU SAUVER
NI DARK ...
NI JUSTINE !

AU REVOIR... JE PARS DEVANT !
JE COMPRENDS, DARK... MON ÉPHÉMÈRE PETIT FRÈRE...
JE SUIS COMME TOI...
LE TEMPS VIENDRA OÙ MOI AUSSI JE DEVRAI CHOISIR MON DESTIN !
EN UNE NUIT... CE TOTEM CHANGEAIT UNE FILLE INNOCENTE EN VERMINE...
MAIS C'EST SANS AUCUN DOUTE... UNE PARTIE DE CHACUN DE NOUS...
SA PERSONNALITÉ ÉTAIT FRAGILE COMME DU VERRE
QUEL BROUILLARD !
PARFOIS VISIBLE ...
ON NE DISTINGUE MÊME PAS LE VISAGE DES GENS QUE L'ON CROISE
PARFOIS INVISIBLE ...

"KAFUKA" EN JAPONAIS
CE MONDE EST VRAIMENT IMPRÉVISIBLE*
Kafka/Fin

La tenue
d'été d'
Elie

NE PARTEZ PAS !!
NE PRENEZ PAS LE TRAIN AVEC ELLE !!
NON PROFESSEUR MAKITA !
J'ÉTAIS FROIDE ET DISTANTE AVEC VOUS MAIS EN RÉALITÉ JE VOUS AIME !
SI JE NE VOUS DIS RIEN MAINTENANT, JE RISQUE DE NE PLUS JAMAIS VOUS REVOIR...
ALORS
ATTENDEZ
JE DOIS ABSOLUMENT VOUS PARLER !!

DEBOUT !!
JE CROYAIS T'AVOIR DÉJÀ DIT QUE JE NE TE PARDONNERAIS PLUS DE T'ENDORMIR PENDANT MES COURS ?!
VA TE PASSER DE L'EAU SUR LA FIGURE, ÇA TE RÉVEILLERA !!
ET VAS-Y DISCRÈTE-MENT !
IMBÉ-CILE !
ÉTAIT-CE UN RÊVE ? JE POUR-SUIVAIS MON PRO-FESSEUR …
DEPUIS QUAND SUIS-JE…
GROUIIIC
TOTO
Toilettes des filles
BON, LES COURS SONT TER-MINÉS !
NYA

…À L'ÉCO…
HYAAAAH !! UN GARÇON !!
(DANS LES TOILETTES DES FILLES)
HYAAA AH !! EXACT !!!
HEIN ?! QU'EST-CE QUI M'EST ARRIVÉ ?!
CE N'EST PAS MON VISAGE !! MAIS… CE CORPS ET CE VISAGE…
JE RÊVE ENCORE ?
SORS D'ICI TOUT DE SUITE !!
VOYEUR !
MAIS… POURQUOI SUIS-JE DANS LA PEAU D'UN GARÇON ? ÇA N'A AUCUN SENS !!
C'EST IMPOSSIBLE !
ガラッ
AH, RYOICHI !
TU M'APPORTES LA PELLE-À-POUSSIÈRES ?

HEIN ?
じっ
RYO... ICHI ?
...JE ME SOUVIENS VAGUEMENT DE CETTE FILLE...
BEN OUI
...ENFIN, J'EN AI L'IMPRESSION...
VIENS PAR ICI !
MAIS... ET LE MÉNAGE ?!
BIBLIOTHEQUE
HYAH AH AH AH AH !!
TU VAS ARRÊTER DE RIRE OUI ?!
HI HI HI HI FF FF FF FF
JE T'AI TOUT DIT PARCE QUE J'AI CRU QUE TU ME CROIRAIS...
TU PEUX DIRE TOUT CE QUE TU VEUX RYO... MAIS LÀ, C'EST VRAIMENT TROP GROS !!
JE NE CROIRAI JAMAIS QUE TU ES UNE FILLE !!
ET EN PLUS TU DIS QUE TU NE TE SOUVIENS DE RIEN ?!
MAIS C'EST POURTANT LA VÉRITÉ !
TOUT CE DONT JE ME SOUVIENS...

C'EST QUE MON NOM ÉTAIT ELIE KASHIWAZAK ET QUE J'ÉTAIS UNE LYCÉENNE PAS COMMODE
TU ES VRAIMENT ARROGANTE !
MOI JE DÉTESTE QU'ON ME REGARDE COMME ÇA DROIT DANS LES YEUX !!
FAIS PAS LA MALIGNE !!
JE MÉPRISAIS DU FOND DU CŒUR CES FILLES INCAPABLES D'AGIR AUTREMENT QU'EN GROUPE
HÉ VOUS ! QU'EST-CE QUE VOUS FAITES ICI ?!
PFF !
MAIS RIEN DU TOUT MONSIEUR MAKITA ♡
BON, ALLEZ, SALUT KASHIWAZAKI, À DEMAIN ! ♡
N'ÉPIEZ PAS LES FILLES DANS LES TOILETTES, HEIN MONSIEUR ?
PARTEZ VITE
TOUT VA VRAIMENT BIEN KASHIWAZAKI ?
BIEN SÛR

TU ES VIVANTE ELIE ?
J'AI ENTENDU DIRE QU'ELLES T'AVAIENT CONVOQUÉE
MARIE
AAH, C'EST MONSIEUR MAKITA QUI T'A SAUVÉE ?
BAH ...
DIS... IL EST MIGNON MONSIEUR MAKITA, TU NE TROUVES PAS ? ♡
MIGNON ? T'AS VU ÇA OÙ ?
N'IMPORTE QUOI !
SALLE DES PROFESSEURS
TU M'ÉCOUTES KASHIWA-ZAKI ?!
OUI OUI !
...PFF... ESSAIE UN PEU DE COOPÉRER ...
POUR-QUOI VIENS-TU À L'ÉCOLE ?!
CROYEZ-MOI MONSIEUR MAKITA
SI JE SUIS ENTRÉE DANS CETTE CLASSE VIDE PENDANT QUE LES ÉLÈVES ÉTAIENT EN GYM...
D'APRÈS TON PROFESSEUR PRINCIPAL BLA BLA BLA BLA...
TON COM-PORTEMENT BLA BLA BLA BLA...
C'ÉTAIT SEULEMENT PAR ERREUR... JE N'AI VOLÉ AUCUN PORTE-FEUILLE !

NYA
ALLONS, NE PLEURE PAS !
OUI ...
OUI ! JE SAIS QUE TU ES UNE BONNE ÉLÈVE, TU NE DOIS PAS ÊTRE COUPABLE !
GNN
JE NE SUIS PAS COMME ÇA !
MON-SIEUR... MAKITA ?
MIAOU
LE NAÏF ! IL NE PEUT PAS S'IMAGINER DE QUELS TOURS PENDABLES SONT CAPABLES CES JEUNES LYCÉENNES QUI JOUENT LES ANGES EN SA PRÉSENCE !
TOI AUSSI TU HABITES DANS LE COIN ?
OUI... PAUVRE PETIT CHAT
TU AS VU ? CE CHAT A UNE PETITE TACHE AU COU
KASHI-WAZAKI !
VOUS AIMEZ LES CHATS ?

JE L'AI TROUVÉ, ALORS IL VA PASSER TOUT LE RESTE DE SA VIE AVEC MOI
LE PAUVRE
CETTE ODEUR !
TU NE DOIS PAS FUMER !!
C'EST POUR TON BIEN QUE JE TE DIS ÇA !
…MON APPART SE TROUVE DANS L'IMMEUBLE SATSUKI, À CÔTÉ, ÇA TE DIT DE VENIR ?
JE T'OFFRE UN THÉ SI TU VEUX !
JE VOUS REMERCIE
MAIS JE NE VOUS
AIME PAS
…JE VOIS
DOM-MAGE

ET PUIS, LE PIÈGE S'EST REFERMÉ…
KA-SHI-WA-ZAKI !
QU'EST-CE QUE MON PORTEFEUILLE FAISAIT DANS TON SAC ?!
C'EST MOCHE !! QU'EST-CE QUE TU AS FAIT DE SON ARGENT DE POCHE ?!
DÉTESTÉE PAR TOUS, J'ÉTAIS LA COUPABLE PARFAITE
JE CONNAISSAIS L VRAIE COUPABLE, MAIS CELA NE CHANGEAIT RIEN

LE CHAT ...
EST MORT ...
QUAND JE SUIS RENTRÉE CHEZ MOI ...
COMME MON PÈRE AVANT ...
VOUS ÉTIEZ AU COURANT N'EST-CE PAS MONSIEUR ?
QUAND J'ÉTAIS À L'ÉCOLE PRIMAIRE, MON PÈRE S'EST SUICIDÉ ...
C'EST POUR CELA QUE VOUS ÊTES SI GENTIL AVEC MOI HEIN ?
J'ÉTAIS AU COURANT
EN EFFET
MAIS ÇA N'A RIEN À VOIR
JE ...
JE NE VEUX PLUS RETOURNER AU LYCÉE ...
JE NE VEUX PLUS NON PLUS RENTRER CHEZ MOI ...
PERMETTEZ-MOI ...
...DE RESTER ICI AUJOURD'HUI !
SI VOUS M'AIMEZ ...
NE SERAIT-CE QU'UN PEU !

MÊME SI CELA N'ÉQUIVAUT …
QU'À UNE FRACTION DE MES SENTIMENTS POUR VOUS !!
UNE BAGUE DE FIAN-ÇAILLES !
RE-GARDE ELIE …
TU ES FIANCÉE MARIE ?! AVEC QUI ?
HFF… ÇA DOIT RESTER SECRET…
用意
PARTEZ
AVEC MON-SIEUR MAKI-TA ♡
JE VOIS …
QUANT À MOI …
JE VAIS DON-NER NAIS-SAN-CE
HEIN ?
À SON
ENFANT

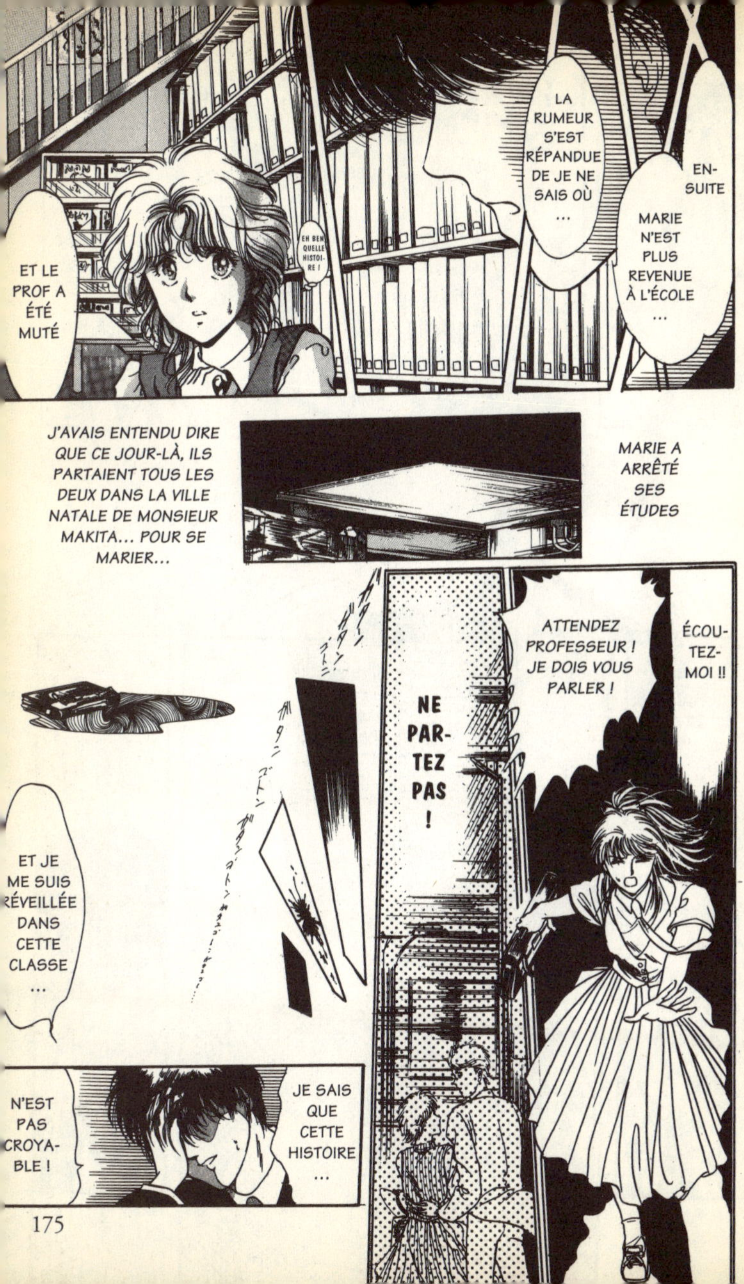
EN-SUITE
MARIE N'EST PLUS REVENUE À L'ÉCOLE …
LA RUMEUR S'EST RÉPANDUE DE JE NE SAIS OÙ …
EH BEN QUELLE HISTOI-RE !
ET LE PROF A ÉTÉ MUTÉ
MARIE A ARRÊTÉ SES ÉTUDES
J'AVAIS ENTENDU DIRE QUE CE JOUR-LÀ, ILS PARTAIENT TOUS LES DEUX DANS LA VILLE NATALE DE MONSIEUR MAKITA… POUR SE MARIER…
ÉCOU-TEZ-MOI !!
ATTENDEZ PROFESSEUR ! JE DOIS VOUS PARLER !
NE PAR-TEZ PAS !
ET JE ME SUIS RÉVEILLÉE DANS CETTE CLASSE …
JE SAIS QUE CETTE HISTOIRE …
N'EST PAS CROYA-BLE !

... HUM HUM
MOI JE TE CROIS
TU NE ME FAIS PAS L'EFFET DU RYOICHI QUE JE CONNAIS ...
ET PUIS... TU NE TE SOUVIENS PAS DE MOI HEIN ?!
HUM ...
JE SUIS MAMINA KAZAMI !!
ET LE NOM
DU PROPRIÉ-TAIRE DE TON CORPS EST RYOICHI MAKITA !
!
MAKITA ?!
JE VOIS... HIER, J'AI REÇU UN COUP DE FIL DE RYO QUI AVAIT UNE VOIX FATIGUÉE ...
ÉCOUTE ! MES PARENTS DISENT QU'ILS VONT DIVORCER ...
HIER J'AI APPRIS QU'IL Y AVAIT TOUJOURS EU QUELQUE CHOSE QUI LES EMPÊCHAIT D'ÊTRE HEUREUX ...
J'AI APPRIS QUE MON PÈRE, SI SÉRIEUX, QUAND IL ÉTAIT PRO-FESSEUR, AVAIT MISE UNE DE SES ÉLÈVES ENCEINTE !
C'EST POURQUOI JE PENSE QUE... TON MONSIEUR MAKITA ...
C'EST BIEN LE PÈRE DE RYOI-CHI !

MAIS… DEPUIS QUAND CETTE ÉCOLE EST-ELLE DEVENUE MIXTE ?!
C'EST BIEN LA MÊME ÉCOLE !! IL N'Y A PAS DE DOUTE !!
HEIN ? L'ÉPOQUE OÙ C'ÉTAIT UNE ÉCOLE JUSTE POUR LES FILLES ?
EUH… BEN ÇA DOIT BIEN REMONTER À DIX ANS ÇA…
AH JE SAIS !! ALLONS VOIR DANS LES REGISTRES DES ÉLÈVES !
VOYOOOOONS
AH, VOILÀ ! ELIE KASHIWAZAKI ÉLÈVE EN 1re ANNÉE, GROUPE 5 EN 1969
OOH, ELLE EST MORTE EN JUILLET DE LA MÊME ANNÉE… TOMBÉE D'UN QUAI ET ÉCRASÉE PAR UN TRAIN…
MORTE IL Y A 17 ANS ?!

VOICI LA RÉSIDENCE DE RYO !
……
RYO AVAIT UNE INTUITION TRÈS AIGUISÉE… C'EN ÉTAIT PRESQUE EFFRAYANT
QUASIMENT UN DON EXTRASENSORIEL
TU VEUX DIRE QUE J'AI PRIS POSSESSION DU GOSSE DU PROF ET DE MARIE ?
JE NE DIS PAS ÇA …
SI ÇA SE TROUVE, TU ES BIEN RYOICHI QUI, DEVENU FOU, A DÉVELOPPÉ UNE AUTRE PERSONNALITÉ !
J'AI LU ÇA DANS UN LIVRE !
BAH, À MOINS QUE TU N'AIES VOYAGÉ DANS LE TEMPS AVANT DE TE FAIRE RENVERSER !
MAIS DANS CE CAS, OÙ L'ESPRIT DE RYOICHI EST-IL PARTI ?
JE CROIS QUE JE PRÉFÈRERAIS QUE CE SOIT UNE PLAISANTERIE …
MAMINA …
TU ES AMOUREUSE DE RYOICHI HEIN ?
GLOUPS

QU QU QU QU QUE DIS-TU ?! NE NE NE NE TE MOQUE PAS DE MMMMOI
N N N N N'IMPORTE Q Q Q QUOI
… PERSPICACE !
TU RÉPONDS ?! ÇA DOIT ÊTRE POUR RYOICHI !
ALLÔ
RRRRR
C'EST TOI RYOICHI ?
TA MÈRE EST PARTIE À LA GARE… ELLE RENTRE CHEZ SES PARENTS…
MON-SIE…
EUH… PAPA !!
…JE COMPRENDS !
DANS CETTE MÊME GARE OÙ… IL Y A 17 ANS… NOUS AVONS PRIS LE TRAIN POUR ALLER NOUS MARIER…
CETTE FOIS… TOUT EST BIEN FINI !
… NON, JE NE VOUS LAISSERAI
PAS FAIRE !
JE NE VEUX PAS QUE VOUS SOYEZ MALHEUREUX À CAUSE DE MOI…
RYOICHI ?
ELIE !
… ÉCOUTE "PAPA" …

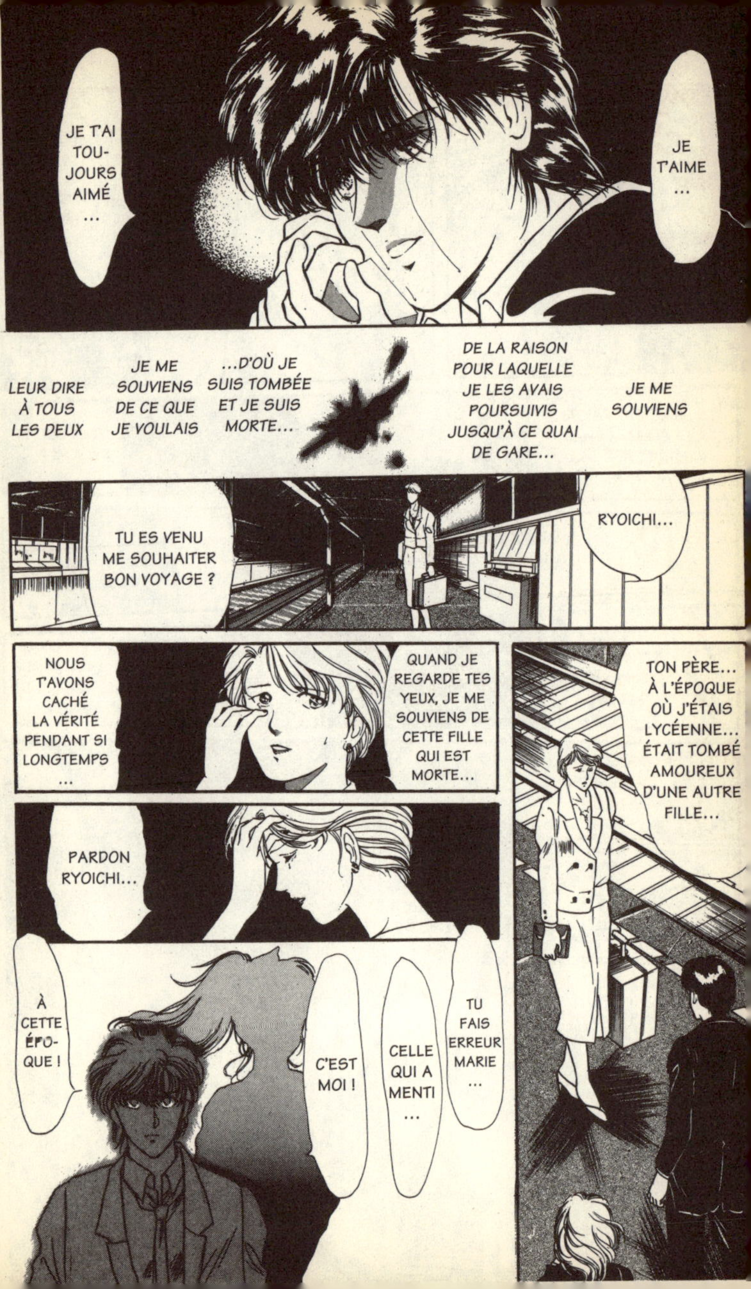
JE T'AIME...
JE T'AI TOUJOURS AIMÉ...
JE ME SOUVIENS
DE LA RAISON POUR LAQUELLE JE LES AVAIS POURSUIVIS JUSQU'À CE QUAI DE GARE...
...D'OÙ JE SUIS TOMBÉE ET JE SUIS MORTE...
JE ME SOUVIENS DE CE QUE JE VOULAIS
LEUR DIRE À TOUS LES DEUX
RYOICHI...
TU ES VENU ME SOUHAITER BON VOYAGE ?
TON PÈRE... À L'ÉPOQUE OÙ J'ÉTAIS LYCÉENNE... ÉTAIT TOMBÉ AMOUREUX D'UNE AUTRE FILLE...
QUAND JE REGARDE TES YEUX, JE ME SOUVIENS DE CETTE FILLE QUI EST MORTE...
NOUS T'AVONS CACHÉ LA VÉRITÉ PENDANT SI LONGTEMPS...
PARDON RYOICHI...
TU FAIS ERREUR MARIE...
CELLE QUI A MENTI...
C'EST MOI !
À CETTE ÉPOQUE !

SI VOUS M'AI-MEZ …
NE SERAIT-CE QU'UN PEU…
JE NE PEUX PAS FAIRE ÇA !
TU N'ES ENCORE QU'UNE PETITE FILLE QUI VEUT GRANDIR TROP VITE
ÉCOU-TE…
JE VAIS ALLER DORMIR CHEZ UN AMI ! TOI, TU PEUX RESTER ICI LE TEMPS D'ALLER UN PEU MIEUX !
VOUS… VOUS N'AVEZ QU'À ME CHASSER !
VOUS N'AVEZ QU'À ME FAIRE COMPRENDRE QUE VOUS DÉTESTEZ LES FILLES ÉGOÏSTES DANS MON GENRE !!
MAIS NON, JE T'AIME BIEN !
SI VOUS AVIEZ FAIT ÇA, J'AU-RAIS PU RENON-CER À VOUS …
MALGRÉ MES SENTI-MENTS !

ELIE
C'EST MONSIEUR MAKITA ! DÈS QUE J'AURAI MON DIPLÔME, J'IRAI VIVRE AVEC LUI !!
IL EST VENU EXPRÈS DANS NOTRE ÉCOLE
TU ES LA SEULE À QUI JE L'AI DIT
ET POUR TE REMERCIER DE LA PREUVE D'AMITIÉ QUE TU M'AVAIS DONNÉE, MOI JE ME SUIS ACCAPARÉ MONSIEUR MAKITA PENDANT UN INSTANT
MAIS ...
J'ÉTAIS SI TRISTE !!
ELIE !?
PARDON MARIE, JE T'AI MENTI...
C'ÉTAIT MON PREMIER AMOUR
MAIS À PRÉSENT
JE DOIS PARTIR ...

RYO !!
PARDON
JE T'AIME
MARIE !

ELIE !!
かみいぐさ
ゴミ箱
ELLE EST PARTIE… ELIE EST PARTIE !!
JE ME SOUVIENS… CE MATIN, EN ATTENDANT AU PASSAGE À NIVEAU, J'AI REPENSÉ À LA CONVERSATION DE MAMAN ET PAPA À PROPOS DU DIVORCE, ET C'EST À CE MOMENT QUE JE SUIS DEVENU ELIE…

C'ÉTAIT... MA VIE PRÉCÉDENTE...
CELA ON N'Y CHANGERA RIEN...
UNE VIE PRÉCÉDENTE INACHEVÉE ET INSATISFAITE...
MAIS JE NE SUIS PLUS CETTE FILLE
JE NE ME TROMPERAI PLUS DE CHEMIN...
ELIE !
RYOICHI
JE VAIS VOIR TON PÈRE...
PUISQUE MA MEILLEURE AMIE EST REVENUE POUR ÇA...
!
......
PAF
......
CONNAIS-TU CETTE HISTOIRE ? IL PARAÎT QUE QUAND ON A ÉTÉ TRÈS PROCHE D'UNE PERSONNE QU'ON AIMAIT DANS UNE VIE...
...IL EST POSSIBLE DE SE RÉINCARNER PRÈS DE CETTE PERSONNE AIMÉE...

ふわ
IL Y A AUTRE CHOSE DONT JE ME SOUVIENS ...
C'EST
QUE JE SUIS AMOUREUX DE CETTE FILLE...
ADIEU
ELIE ...

POSTFACE

Les mystères de M. Satoo.

LE SCÉLÉRAT(?!), ENFIN, LE JEUNE AGNEAU, ENFIN...
LE MAJORDOME DE LA FAMILLE HARGREAVES
– SES SECRETS ENFIN RÉVÉLÉS –

* JE VOUS PRÉVIENS, CE QUI SUIT EST D'UNE STUPIDITÉ ACHEVÉE, DONC SI VOUS N'ÊTES PAS INTÉRESSÉS, JE VOUS CONSEILLE DE NE PAS LE LIRE.

Mais pourquoi porte-t-il si mal son chapeau dans le chapitre 5 ?! (Hey…) Et dans ce même chapitre 5, pourquoi s'adresse-t-il si radieusement à une petite fille de 10 ans alors qu'il devrait se comporter en adulte ?! Et après tout, on s'en fiche… Bon, étudions un peu ses mystères (En réalité, dans Kafka*, je ferais mieux de l'appeler M. Toshio, mais non, c'est M. Satoo, je trouve que ça lui va mieux…). J'imagine que la majorité des lecteurs ne doit pas comprendre un traître mot de ce que je raconte. Seuls mes collègues me suivent… Certains d'entre vous ont presque trouvé la bonne réponse… Mais je préfère garder ça secret. C'est un petit jeu privé… C'est vraiment pas intéressant, en plus… Ne nous attardons pas dessus. Donc, dans ce dernier chapitre, M. Satoo parle à Mary de façon plutôt puérile… Et je me suis posée pas mal de questions à ce sujet : est-ce que par la suite, les gens vont le détester ? Mais je n'avais pas besoin de m'en faire (Vous êtes tous très indulgents…). Avant, je cernais à peu près son caractère, mais… En fait, je pense qu'il a dit ça à moitié sur le ton de la plaisanterie, pour embêter Mary…* S'IL AVAIT ÉTÉ SÉRIEUX, ÇA AURAIT FAIT TRÈS PEUR.

J'ai reçu pas mal de lettres de ce genre : "Quand Riff est parti, comment Cain a-t-il fait pour vivre ? Il a dû apprendre à attacher ses lacets et s'habiller tout seul ?" Mais non, il sait très bien faire ça tout seul. C'est seulement que depuis que ces deux-là se sont rencontrés, ils ont plus une relation de père à fils que de maître à valet, c'est pourquoi ils sont très proches et communiquent également de cette manière. Et même si ce n'était pas le cas, c'est la nature de son travail, après tout. Il ne parle jamais trop, non plus. De plus, les classes sociales en Angleterre sont depuis toujours très strictes, les serviteurs préféraient apparemment avoir affaire à des maîtres autoritaires qui se donnent de grands airs. En tout cas, la différence de niveau entre les deux est bien marquée, donc ça va. Depuis quelque temps, je me surprends à penser que Riff, c'est vraiment la maman de Cain… Quand il était petit, et qu'il se mettait à pleurer, il enfouissait toujours sa tête dans la chemise propre et bien empesée de Riff, et depuis, son parfum lui évoque plein de nostalgie… Même encore maintenant, il lui arrive de montrer de la faiblesse. Quant à Riff, c'est un aîné, et comme il a perdu son petit frère… AH, MAIS QU'EST-CE QUE J'ÉCRIS, MOI ?

*Parmi les lettres que vous m'envoyez, j'ai reçu des articles sur les majordomes anglais. C'est écrit très clairement : "Le majordome est employé par les nobles et les familles royales, et tous les autres domestiques sont à ses ordres. Il loge chez son maître, c'est pourquoi il a sa propre chambre au sein de la demeure principale." Ou encore : "Il doit faire passer l'intérêt de ses maîtres avant sa propre vie privée, c'est pourquoi ce métier est plutôt recommandé aux solitaires." Je vois... Mais c'est par la suite qu'il y a un problème... "Traditionnellement, 50 % des majordomes sont *GAYS*. Il arrive, très rarement, que certains d'entre eux se marient, après quoi ils logent dans un bâtiment à part de la résidence principale, avec leur famille." C'est... c'est vrai, ça ?! La moitié d'entre eux ? Ça fait peur... Mais pourtant, l'homosexualité était formellement interdite jusqu'en 1967 (comment je le sais ? Euh...) "Traditionnellement ", disent-ils... Ça, c'est bien les Anglais. "Les affaires concernant des relations entre un maître et son serviteur sont taboues." Ah oui, c'est hors du cadre professionnel... Euh... C'est* La Perle de l'Occident *qui m'a fourni tous ces documents. (Merci beaucoup pour toutes ces lettres passionnantes).*

TOUT ÇA ÉCRIT À LA MAIN... JE ME DEMANDE SI QUELQU'UN A EU LE COURAGE DE LIRE JUSQU'ICI...

Au fait... L'histoire courte Les vêtements d'été d'Elie, *que j'ai mise après* Kafka*... C'est ma *toute première histoire* ! Hihihi... "Comme c'est mal dessiné, ce truc !"... C'est que vous vous êtes dit, hein ?! Je sais, je sais... C'est normal... D'ailleurs je me suis opposée jusqu'au bout à ce qu'elle apparaisse ici... Mais comme il n'y a avait pas assez de pages... Aah j'ai honte !! Mais prenons les choses du bon côté, j'offre une lueur d'espoir à toutes les filles qui veulent devenir mangaka à travers le monde ! Quand j'ai dessiné cette histoire, j'avais moins de 20 ans... Hoho... Ce n'est qu'un rêve ! Oubliez-le ! J'aurais préféré ne plus jamais retomber dessus, d'ailleurs. Mais d'après mon rédacteur, on peut y voir les "bases de mon style actuel ". Peut-être, mais... Bah, un jour, vous finirez bien par connaître toutes mes vieilles œuvres...*

"CELLE-LÀ " ET "CELLE-LÀ ", AUSSI... JE ME SENS MAL, TOUT D'UN COUP...

Je vais vous en raconter une bien bonne... J'ai trouvé un fanzine... Sur Cain *! J'y crois pas, c'est un de mes vieux rêves (?)... Ma propre série a été adaptée en parodie, je suis très flattée... Ah, peut-être qu'il n'en paraîtra plus jamais, mais... Si jamais, vous, mes chers lecteurs, vous en trouvez un quelque part, faites-le-moi savoir (si vous pouviez m'en envoyer, ce serait parfait, mais je ne voudrais pas avoir l'impression d'abuser...) Peu importe ce qu'il contient, je suis preneuse. Je veux tous les lire, même les parodies érotiques ! Ah, nous voici déjà à la dernière page, mais comme je vous l'avais promis, je vais mettre ma fiche d'identité... Allez, à la prochaine !*

NÉE LE 18 DÉCEMBRE.
SAGITTAIRE. GROUPE SANGUIN B.
SEXE FÉMININ (PEUT-ÊTRE).
J'AIME LE CHAUD COMME LE FROID.
BONNE MÉMOIRE. FORT CARACTÈRE.
J'AIME : ZABADAK. LES CONSOLES DE JEUX.
RUPERT GRAVES. LA DENTELLE (QUI FLOTTE
PARTOUT). MON CHAT MILL. LE CINÉMA.
LES *CHEESE CAKES*. LES MAISONS DE POUPÉE.
BOIRE DU CAFÉ ET BIEN DORMIR. LA LUNE,
LES TULIPES ROSE SAUMON, LES SOUPIRS
DE BÉBÉ (GYPSOPHILE). *ALICE AU PAYS DES
MERVEILLES*. LES AMOURS DESTRUCTRICES.